~ 2014. 4. 16.

그리운
길은
참으로
모질다

그리운 길은 참으로 모질다

초판 1쇄 발행일 2021년 4월 16일

지은이   유인애
그림   김병하

펴낸이   이재교
편집   홍상만
디자인   이정은 황종모
경영지원   유경진
마케팅   최현진
제작   신사고하이테크(주)

펴낸곳   굿플러스커뮤니케이션즈(주)
출판등록   2013년 5월 7일 제2013 - 000136호
주소   서울특별시 마포구 동교로17길 51 4층 (서교동 458-20)
대표전화   02 - 6080 - 9858
팩스   0505 -115 - 5245
이메일   goodplusbook@gmail.com
홈페이지   www.goodplusbook.com
페이스북   www.facebook.com/dmz.book

ISBN   979-11-85818-46-7(03800)

세월호 희생자 어머니 산문집

그리운
길은
참으로
모질다

유인애 지음

굿
플러스
북

열 달 동안 내 몸 힘든 줄 모르고 오직 태어날 그날 위해 예쁘고 좋은 것만 보려 했습니다. 행동에 있어서도 어른들이 모서리 부분에 앉지 마라 던 말씀 귀담아 명심하며 '부디 건강하게 만나자', '잘 놀지. 오늘은 왜 안 놀 까?' 걱정하면, 내 생각을 읽기나 한 듯 분주히 놀아줍니다.

긴 기다림 끝에 꿈에서조차 그려보지 못하던 아이 낳아 "첫 보물", "두 번 째 보물"이라 핸드폰에 저장하였습니다.

전래동화 방귀며느리를 실감 나게 읽어줄 땐 까르르 까르르 웃으며 재차 또 읽어 달라 합니다. 귀 기울여 듣다 어느 상황에서 엄마의 제스처gesture가 나올지 이미 알았을 때는 먼저 까르르 깔깔 연신 웃어 줬습니다. 그리고 어 느 날은 모기가 눈가를 물어 눈언저리가 말갛게 퉁퉁 부어 한쪽 눈이 감길 정도로 심해진 모습에 안쓰러워 '이놈의 모기가 아이들이 순수하고 깨끗하 니까 물고, 어른들은 살아온 만큼 세파에 찌들어 더럽다고 안무네'라고 구 시렁 구시렁대며 모기향 치우고 사각 모기장 만들어 네 식구 뒹굴며 잠자 던 기억들. 그렇게 한없이 따뜻하고 행복했던 가족이라는 울타리.

그 두 번째 보물을 엄마는 이제 자신의 품으로 돌아오지 못하는 길로 보 내놓고 이제껏 상상하지 못했던 삶을 살아가고 있습니다. 까르르 웃던 딸

그리운 길은
참으로 모질다

이 있던 그곳에 남겨진 엄마는 세상을 거꾸로 걸으며 가슴과 온몸으로 그 딸을 부르고 있습니다.

그래서 자식인가 봅니다.

어찌 그 자식이 부르는 '엄마' 소리 듣고 싶지 않겠습니까.

"엄마" 하며 불러주던 엄마 딸이, 매일매일 하루도 빠지지 않고 들었는데 이젠 그 언니가 부르는 소리뿐, 하늘만큼 땅만큼 좋아한다던 "엄마" 그 소리가 들려오지 않습니다.

어쩌면 그렇게도, 절박하게 양쪽 귀 쫑긋해도 숨소리조차 다가오지 않는 닫힌 세상이 된 것 같습니다.

단지 엄마니까 몸에 배어있는 딸의 음성이 저절로 튕겨져 다시금 어미 귀에 들려오고 있을 뿐입니다. 이게 바로 놓을 수 없는 끈이겠지요. 그 끈에 언제까지고 매달린 채….

태어나 처음으로 발음된 엉성한 언어 **음, 마.**

남들에게 혜경이가 엄마 소리 했다고 하면 거짓말한다고 한 **음, 마.**

낯가림에 울며 부르던 **엄, 마**

5

두 살 터울이지만 거의 세 살 가까운 터울 언니랑 소꿉놀이하며 네다섯 살이 부르던 **엄, 마**

먼발치 길에서도 알아듣게 냅다 **엄, 마. 엄, 마.**

기분 나빠 토라졌어도 아무런 거리감 없이 **엄, 마.**

이 부족한 엄마가 뭐 그리 좋다고 따뜻한 정 담아 살그머니 **엄, 마.**

단 하루도 거르지 않고 결석 없는 **엄, 마.**

그리고, 수학여행 가는 날 아침, 설거지하는 등에 대고 마지막 **엄, 마.**

이렇게 영원히 들려줄 것만 같았던 그 "엄마"라는 소리가 이젠 딸이 아닌 제 스스로의 몸과 기억을 통해 튕겨져 나오는 소리뿐입니다.

"음마"

"엄마"

제게도 아주 가늘고 약한 끈에 의지하지 않아도 되는 그런 좋은 날 오겠지요. 사랑하는 딸을 그리워하는 엄마도 벌써 검은 머리 만년설 되어 가는 중이고, 또한 모습도 만년이 되어 가는 중이니 그 만년설이 해빙기 맞아 가라앉으면 **엄마** 소리 들리겠지 생각합니다. 딸이 불러주는 세상에서 가장 아름다운 말. **엄마** 소리가 말입니다.

그리운 길은 _____
참으로 모질다

저와 제 남편은 아주 짧은 생을 딸 손에 들려 보냈습니다. 부족하지만 60여 편의 짧은 글에 혜경이가 떠나기 전 옆에 있었던 시간과 떠나보낸 뒤 그리워하며 지내는 저와 남편, 그리고 혜경이의 언니 마음을 담았습니다.

문득 사랑스러운 두 딸, 어릴 때부터 6.25 전쟁에 관한 다큐멘터리 영상을 잘 보여주던 아빠의 영향으로 평상시 얘기했던 일화가 생각납니다.

"만약 우리 다른 곳에 있더라도 만약 전쟁 나면 모두 아파트 단지 내 선부초등학교 운동장에 모여서 흩어지지 말자."

그렇게 우리 네 사람은 유난히 언제나 함께 있자던 약속을 했습니다. 그러니까 분명 언젠가 '만남'이 꼭 기다리고 있을 거라 생각합니다. 가족이기 때문에요.

| 차 례

보고프다_하나

꽃 앞에 쪼그려 앉아
외로이

꽃 앞에 앉았다.

꽃은 봄바람이 살살 부채질하면 바람결 오선지 위 음표 리듬에 맞춰 한들거렸다. 봄볕에 맡긴 색감은 무지갯빛 중 노랑으로 태닝했을까? 혹은 빨간색과 초록색 빛을 합성하여 노란색을 입혔을까? 빛깔도 곱다. 고운 빛깔에 손을 대면 노란 가루가 사르르 녹아내릴 것 같아 뚫어져라 꽃의 생김새만 훑어보고 있다. 그러다 문득 혼자서 주고받는 마음속 대화를 해본다.

"민들레야."

"누구세요."

"혜경이 엄마라고 하지요."

"저는 잘 모르지만, 왜 부르셨어요."

"잠시 친구하면 어떨까."

"… 생각을 해보니 친구 해드려도 될 것 같습니다. 말씀해보세요."

"고마워요. 내게 혜경이는 작은 체구지만 예쁘고 아주 착한 딸이었지. 그런데 말이야 음 아주 멀리 떠났어."

11

"멀리 어디로 갔나요. 엄마가 찾아가시면 어떨까요?"

"그러게. 찾아가면 될 일인데, 휴, 갈수도 올수도 없는 그런 곳이 있어요."

"그런 곳을 저는 아직은 잘 몰라서 죄송합니다. 어디일까?"

"죄송하기는…. 혹시 우리 혜경이가 가졌던 미래에 부푼 꿈에 대해 들어 볼래요? 꿈이 뭐냐면, 메이크업 아티스트였지."

"메이크업이요."

"응, 너처럼 고운 색을 입혀주는 걸 즐길 줄 아는 딸이야. 민들레야, 너의 예쁘게 피어난 자태를 보니 혜경이가 너의 꽃술에 매니큐어를 정성스럽게 칠해 놓은 거 아닐까."

"왜 내게요?"

"조금만 더 이야기 들어 주렴. 너로 하여금 노란 색감을 잊지 않으려 노력 하는 거야."

"좋은 일인 거죠?"

"빛이 쏟아지는 곳에 매니큐어 냄새 진동하도록 조심스레 칠하고는 부채 나 바람이 명암을 조절하여 잘 마르도록 바쁘게 왔다 갔다 움직였을 거야."

"혜경이 어머님. 꿈은 자기가 만들어가는 아름다운 미래라고 생각해요. 아! 맞아요. 제게 칠해주며 토닥였어요. 이제 생각났어요. 그 친구 서랍에 매니큐어도 꽤 있다고 하던걸요."

"매니큐어 있지. 여름이면 엄마랑 언니 발톱에 칠해주며 이런 말을 한 걸? '맨발로 샌들 신으니까 애교로 칠해줘야 해. 여름 에티켓이야.' 그 매니 큐어를 그대로 남겨놓고 있어. 혜경이 언니가 엄청 화를 내면서 왜 다 버리 려고 하냐며 놔두라고 성을 냈지."

"아, 여름 추억을 아기자기하게 칠해 놓았네요. 참, 제게 간지럽게 속삭였 어요. '노랗게 활짝 피고 홀씨도 꼭 만들어야 한다. 우리 엄마 내 모습 보는 걸 좋아하니까.' 이러면서요."

"혜경이도 엄마 마음 알 거야."

"예쁜 친구더군요. 엄마를 생각하고 있었어요."

"잘했구나, 민들레 꽃. 색을 잘 지켜줘서."

"여기뿐 아니라 세상의 민들레 꽃을 다 색칠해 놓을 거라고 하던걸요."

"맞아 민들레야. 너뿐 아니라 맘껏 모든 색상을 펼쳐 볼 거야. 혜경이 꿈이 누군가를 화려하고 아름답게 입히는 뷰티 아티스트였으니까."

"내년에도 오겠지요?"

"그럼, 매년 색감 연구하러 오지. 민들레야 그동안 잘 있어."

현실은, 내 세상이 뒤집힌 그날 이후부터 어린 딸과 마주 보며 이어지는 대화는 함구된 상태다. 그래서 답답함에 발길이 뜸한 곳에 핀 민들레 앞에 쪼그리고 앉게 되었다.

그리운 길은 _____
참으로 모질다

보고프다_둘

혜경이가 있었던
언니와 엄마 동화

이유도 없이 "이거는 요렇게 불어봐"하는 엄마, 아빠의 시범에 그게 뭔지도 모르고 유심히 고개 들어 올려다보며 손에 쥐여준 홀씨가 작은 손아귀를 벗어나지 못하게 붙들고 있었지.

"자, 이제 해봐" 소리에 입 모아 후우~ 날려버리던 우리의 동화.

집으로 가는 아파트 단지에 들어섰다.

얼마 후 초입에서 "민들레 홀씨다."하는 내 말에 두 딸이 "어디?"한다.

"저기"하며 가리키는 손 방향 낙하점을 발견하고는 언니가 달음박질하니 그 뒤를 혜경이도 따라 뛰어간다.

조금 뒤처져 도착한 혜경이보다 먼저 동그란 탁구공처럼 생긴 홀씨를 꺾어든 언니가 나에게 왔다.

"엄마, 민들레 홀씨"

그러고는 선수처럼 입 모아 힘껏 불었다.

후우~

한 번에 날리지 못하니 재차 후우~ 한다.

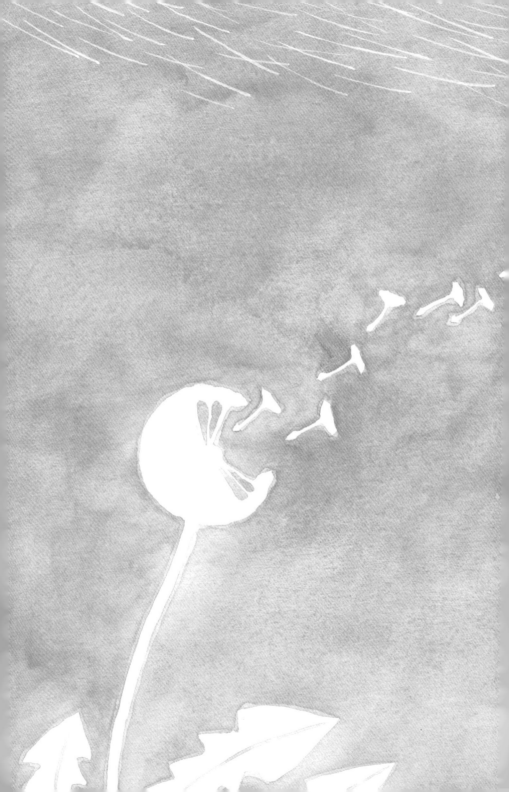

홀씨는 얼마 뜨지도 못하고 땅으로 떨어지고 말았다.

뒤이어 쫓아온 혜경이도 보란 듯이 "엄마, 나도 꺾었다"며 자랑한다.

"혜경아, 얼른 불어봐."

언니만큼은 세지 않지만 힘껏 후우~ 분다.

혜경이는 후우 토해낸 입김에 홀씨 터를 떠나는 풍경을 가만히 쳐다본다.

"엄마도 홀씨 불어볼까"라는 나의 말에 딸들이 꺾어준다며 달린다.

경쟁하며 가져온 두 딸은 한 개씩 내게 건넸지.

나는 두 개를 받아 그중 하나를 딸들 모습과 판박이로 불었다.

에이, 입김이 있는 쪽만 날아가 버렸다. 반대로 돌려서 불어본다.

후우~

나머지 한 개를 들고 있는 내게 큰딸이 말을 했다. "엄마, 세게 불어."

그 주문에 욕심을 내어 있는 힘껏 긴 입김을 내었지만 그래도 홀씨가 깊이 박힌 부분은 제자리를 굳게 지키고 있었다.

미처 날리지 못한 홀씨를 보며 두 딸은 '또 남았다'며 홀씨를 찾아 동분서주하고 있었지.

그러더니 민들레 홀씨 하나 꺾어서는 "엄마, 여기 있다"하는 혜경의 말에 질세라 큰딸도 "엄마, 나도"하며 홀씨 하나를 흔들어 보이며 내게로 냅다 뛰어온다.

뛰어와 내 앞에 선 두 딸은 서로 마주 보며 있는 힘껏 홀씨를 불었다. 누가 입을 오므려 힘껏 부나 대회라도 하듯 "후우~"하는 숨소리가 가득했지.

"야, 혜경아 또 찾아보자"하는 소리에 이제 그만하자고 했더니 근방을 작은 발걸음으로 찾고들 있더니 '여기는 이제 없다'한다.

아이를 키우다 보니 별것 아닌 것도 전수를 하게 되었다. 그렇게 이어받은 사랑스러운 딸들은 민들레 홀씨 불기에 선수가 되었다.

사랑스러운 두 딸이 이 엄마에게 전수받은 민들레 홀씨 불기가 바람결 미끄럼 타고 안착한 이름 모를 곳에 닿아 다음해 다른 누군가의 손에 들려 이어지겠지. 그렇게 릴레이 홀씨 놀이는 천진스러운 아이 마음을 이어주며 그 옆에서 함께 해보는 엄마도 철부지처럼 까마득한 동심세계에 첨벙거리는 눈높이 마음을 열어 놓겠지.

보고프다_셋

언니의
정성이 담긴 뜻

첫 기일.

"엄마 동생 낳아줘."

외롭고 그리운 마음.

다시는 만날 수 없는 동생에게 보내는 손길이다.

출발이라며 차 안에서 찍은 사진을 보면 주체할 수 없는 그리움이 눈물되어 나를 원망하고, 간절함에 가슴이 미어지는 심정은 스스로를 학대하게 몰아갔다.

생전의 마지막 모습은 여행 캐리어와 쇼핑백 들고 다녀온다며 현관을 나서던 모습, "혜경아" 부르는 소리에 인기척도 없이 들어와 등 뒤에서 조용하게 불렀지.

"엄마, 왜."

하던 설거지 멈추고 내 품에 안아주며 잘 다녀오라 했던, 그 순간이 어린 널 무섭고 고통스럽도록 아프게 하는 길로 보내는 마지막 엄마 품이 되었다. 평생 그 아침처럼 너는 내 품에 안을 수가 없구나.

그렇게 떠나간 어린 딸의 세 번째 기일이 오늘이다.

이번 기일은 토요일이라 큰딸이 며칠 전부터 스스로 도우미를 자청한바, 아침 일찍 함께 장을 보며 진두지휘하니, 아빠가 기분 좋아서 아무 말 없이 뒤따른다. 장을 보면서도 앞서나가며 메모해간 쪽지대로 체크하고 이리저리 바삐 움직이더니 꼼꼼하게 장바구니에 담았다.

"엄마! 다 된 것 같은데."

집으로 오는 차 안에서 큰딸이 "이번 기일은 내가 많이 도와줄 거야"라 한다.

"고마워요 딸, 동생 챙기려고 마음 써 줘서."

"내가 해야지. 다 할게. 엄마 힘드니까."

"그럼 우리 큰딸이 전 종류만 다 하는 거다."

어느새 일로부터 엄마를 호위하는 큰딸 마음 씀씀이가 예뻤고 뿌듯했다. 그리고 일하는 내내 엄마 손이 별도로 닿지 않게 한 결과는 참 만족스러웠다.

"정말이지 전을 전문으로 하는 곳에서 만든 것 같은데?"

"진짜야 엄마. 깨끗하게 모양도 예쁘잖아. 제사 음식은 원래 정갈하게 정성을 다하라고 하니까."

어느덧 큰딸은 훌쩍 커가고 있었다. 평소에 알려주지도 않았던 예의에 대해 스스로 알아가고 있으니 말이다.

이제껏 마냥 어리게만 보았던 나의 선입견이 오판이었음을 오늘 함께 준비하며 깨닫는다. 성인이 되어 그런건지 아니면 상식이라는 지혜들을 섭렵하며 생각의 깊이가 더한건지 모르겠지만 '이제 품 안에서 내려놓아도 되겠구나'라는 안도감을 동생 제사음식 장만하는 큰딸 모습에서 읽고 있다.

전을 비롯해 제사의 산적과 부침 종류를 혼자서 다 마무리 지어놓았기

그리운 길은
참으로 모질다

에 이제 조금 쉬라고 하니 조금만 쉰다고 방에 들어갔지만 큰아버지와 작은아버지가 3주기라 참석차 오서 금방 다시 나오게 되었다.

하는 수없이 주방에서 엄마 일을 거들다 준비된 상에 과일도 직접 깎아놓으며 모든 제사 음식을 손수 하나하나 담아놓으며 놓칠새라 동생이 좋아하는 새우튀김도 확인하고, 콜라와 녹차음료도 냉장고에서 꺼내놓는다.

오늘 아침부터 늦게까지 큰딸이 힘들어하는 내색없이 나를 도운 것은, 매년 4월이 다가오면 평소보다 더 우울해하는 내 모습이 안타까와 그런 것이겠지. 그리고 수능시험 잘 보라며 과자상자 면마다 친구들과 함께 응원의 메시지를 쓰고 매점과자 가득 넣어 힘들게 들고 왔던 그 동생이 본인은 막상 수능시험을 맞이하지 못함에 기일을 맞아 동생의 손보다 작은 손으로 정성을 다하고 있구나 하는 생각을 가져봤다. 굳이 이런 생각이 드는 이유는 2015년 수능 때 "내가 수능 선물 할 차례인데"라는 큰 딸의 말이 기억에 남았기 때문이다.

이런 언니의 마음이 닿았다면 예쁜 동생 혜경이는 핸드폰 상태 메세지에 짧지만 마음 녹이는 글을 남겨놓았을 것이다.

'수고했져! 이은경.'

서로 마주보고 때로는 어깨를 내어주고 기댈 수 있는 둘이라는 버팀목이 이젠 덩그러니 혼자 남겨져 그 허전함에 무엇이라도 해줄 수 있는 것이 없음에 안타깝고 그리서, 기일만이라도 자신의 손길로 정성스럽게 선물을 준비하는 마음이 아니었을까.

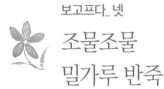

보고프다_넷

조물조물
밀가루 반죽

"엄마 배는 밀가루 반죽 같다."

"말랑말랑해."

우리 두 딸은, 어느 날 저녁 거실에 누워있는 내 배를 만지며 그렇게 말했다.

"엄마 배가 밀가루 반죽이야."

큰딸이 동생에게 말하며 재미있다는 듯 즐기고 있다.

"글쎄, 왜 그럴까?"

넌지시 건넨 말에 딸들은 조용하다.

그 조용함 속에 조물거리는 작은 손들의 감촉이 그렇게 좋을 수가 없어서 대뜸 말했지.

"으응, 두 딸이 태어나서 그래."

"엄청났지, 엄마는 임신 5개월 때 병원에 진료 갔는데 의사가 '만삭이네요' 하면서 낳고 가셔도 될 것 같다고 했지."

옆에서 듣고만 있던 아빠가 웃으며 거들었고 난 맞장구를 쳤다.

"맞아, 병원에서 남들보다 많이 나왔다고 그랬지."

그리고 이 '배'에 얽힌 이야기를 풀어놓았다.

그리운 길은 _____
참으로 모질다

"자, 우리 딸들이 엄마 뱃속에 있을 때 처음에는 배가 나오지 않다가 한 밤, 두 밤 그렇게 잠을 아주 많이 자면 엄마도 모르게 배가 불룩 나온단다. 그건 딸들이 잘 자라고 있다는 표시야."

어린 딸들은 말랑거리는 배를 계속 만지며 나를 유심히 보고 있었다.

"그렇게 아기집에 있는 딸들은 엄마가 먹는 음식이 영양분이 되어서 쑥쑥 크며 엄마 배가 풍선처럼 점점 커지고 나중에는 너무 커져서 반질반질해지다가 곧 뱃살이 트는 거야."

듣고 있던 큰딸은 웃으며 엄마 배는 풍선이란다.

"그래, 정말이지 바늘만 대면 '팡'하고 터질 것처럼 배가 나왔어. 상상해봐, 엄마 배가 이만큼 나왔었는데 한 번도 아니고 두 번이나 그랬으니 딸들이 태어나고 나서 푹 가라앉아서 말랑거린단다."

제스처를 동원하며 설명하는 데 유심이 바라보던 혜경이가 똘망 똘망 한 눈을 하고 묻는다.

"근데, 왜 나는 나중에 태어났어."

너무 깨끗한 마음에서 우러나온 이 말에 언니가 대신 답한다.

"야, 내가 먼저 태어났으니까 그렇지."

"맞아, 혜경아. 엄마 뱃속에서 달리기 시합을 했는데 언니가 1등으로 달렸고 너는 2등이라 그렇게 된 거야. 조금만 더 달렸으면 언니가 될 수도 있었는데."

답이 되었는지 둘이 다시 작은 손으로 엄마 배를 밀가루 반죽한다며 조물조물 상체를 움직이며 논다.

밀가루 반죽놀이하듯 배를 조물조물하며 노는 작은 손에 누워있는 나로서도 창피하거나 귀찮거나 성가신 기색 없이 버젓이 있었다.

아이들의 유년기 시절 거실에서 오순도순 우리만의 허물없는 이야기를 하던 시간들의 풍경화다.

　엄마 배를 만지고 놀며 그 작은 두 손바닥 피부로 전해진 느낌을 밀가루 반죽 같다고 표현했던 딸들처럼 내 배를 만져봤다. 내 손은 딸들보다 크고 거칠다 보니 작은 손놀림으로 주물러 만지는 느낌과는 거리가 먼 주물럭 주물럭이 되다 보니 한 움큼씩 잡혀 투박하고 꼬집히는 느낌이 전해질 뿐이다. 큰 딸에게 어린 마음의 순간을 들추어내어 물었더니 "그럼, 기억나지" 한다.

　혜경이도 그 시간들을 기억하고 있을까?

그리운 길은
참으로 모질다

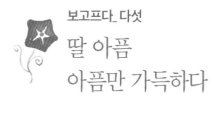

딸 아픔
아픔만 가득하다

세상의 극히 작은 일부분인 우리에게 어우러짐의 틀을 어긋나게 만드는 사건이 급습하듯 다가와, 그것에서 벗어나지 못한 아름다운 꿈을 움켜쥔 어린 내 딸은 꽃피울 모든 시간을 송두리째 빼앗겨 주검으로 돌아왔다.

그렇게 모지도록 4월의 하늘은 검게 덮였다.
그렇게 모지도록 4월의 땅은 꺼졌다.
그렇게 모진 4월은 어린 내 딸 恨 서린 生을 걸어가게 했다.
우리 넷 중 제일 어린 것을 가족이라는 공감을 나눌 수 없는 곳 그 가장 앞에 내세워 걷게 했으며, 가족이라는 울타리에서 하나가 아프게 꺾였다.
나에겐 힘겨운 아픔이 시작되었다.
나는 살면서 겪어보지 못한 아픔을 시작한다.
그 아픔은 뇌리에 박혀 절대로 뽑히지지 않는다.
설사 내가 죽어도 뽑히지 않을 것이다.
왜냐하면 죽는 그 순간까지도 나는 그 아픔을 가지고 있기 때문이다.
자식은 그런 존재였다.

자식이 내 곁에 없다고 지워지는 것이 아닌 내 뼛속까지 새겨 가지고 있는 것.

그러니 살아 숨 쉬는 나는, 그 아픔 가장 앞에서 심장이 덜컹 내려앉는 두려움 속에 작은 몸 온 힘으로 애쓰며 맞섰을 그 순간이 떠오르니 엄마로서 내 몸의 아픔이란 섣불리 끌어들일 수 없었다. 그러기에 난 아파도 아프다는 말을 안 하려고 애를 쓰고 있다.

그렇게 포악한 아픔에 내 몸 아픈 것을 덧댈 수 있을까.

세상이 이렇게까지 아픔을 줄 거라는 생각을, 아니 단 한 번도 그런 비슷한 생각도 가져보지 않았다. 게다가 하필이면 마주하게 된 그 아픔이라는 것이 부모와 자식 사이의 인연을 단번에 갈라놓는 것이라니 언감생심이다.

가족이라는 울타리의 한 귀퉁이 무너져, 봇물 터지듯 휩쓸려 떠내려간 자리에 서서 텅 비어 버린 허전한 가슴을 스스로 쳐대며 운다.

'울어도, 울어도 션찮다.'

그 허전함에 수학여행 가는 그날 아침 내 가슴을 따뜻하게 안아주고 뒤따라 엘리베이터 앞에서 마주한 얼굴 인사와 베란다로 가 바라보던 캐리어 끌고 가는 사랑하는 멋쟁이 딸의 모습으로 막내가 차지하고 있던 가족이라는 버팀의 몫을 채웠는데 허전함도 공허함도 그대로였다.

그리고 이제는 그 아픔에 간절한 애원하며 매달려 떼를 쓰고 싶다.

머릿속 이름 석 자.

나의 가슴을 후벼 드는 그리움에 떼를 써보고, 함께 살지 못함에 대한 짜증과 울분으로 어떤 명분을 내세워서라도 살려내라고 제발 예전처럼 살고 싶으니 살려내라고 억지 떼라도 부리고 싶은 심정에 매달려 있다.

그리운 길은 _____
참으로 모질다

언젠가 이런 말을 꺼냈다.

"당신이 고혈압, 당뇨만 없다면 작은딸과 똑같은 아이를 낳았으면 좋을 텐데…"

비록 내 작은 딸 실체는 아니지만 겉모습이라도 똑 닮은 아이를 낳는다면, 보고픈 내 딸을 안아주고 얼굴 비벼대던 지난날의 엄마 정을 옴팡지게 할 수 있는 유일한 돌파구일 텐데 했던.

남편과 이루어질 수 없는 일에 대해서 푸념을 늘어놓던 쉰이 훨씬 넘어선 엄마의 보고픈 딸에 대한 아픈 찾기다. 힘겨운 아픔을 시작하는 엄마는 오로지 빈자리가 되어버린 사랑하는 딸의 아픔을 생각하며 미안해하는 엄마 길로 갈 뿐이다.

생일날엔 혜경이가
척 들려줬다

생일이 다가오면 우리 집 총무로부터 금일봉을 받게 된다.

총무며 금일봉이며 이게 무슨 소리인가 싶지만 우리 가족만의 행사가 있었다.

'뭔가 색다른 방법으로 생일맞이가 되었으면…'하는 생각에 모두가 모인 자리에서 가족 회비라는 말을 꺼냈다.

두 딸도 좋다고 해서 서로 부담스럽지 않은 선에서 회비를 내기로 결정했다. 부모는 각 만 원, 두 딸은 각각 2,500원씩 납부하고 생일을 맞은 당사자에게 축하의 의미로 금일봉 5만 원을 주자는 합의도 냈다.

일단 돈을 관리하는 총무가 있어야 하기에 혜경이에게 하겠냐고 물었더니 아무 말 없이 덥석 받아서 하겠다고 한다.

그렇게 매달 가족이 용돈 받으면 회비를 먼저 각출하는 재미도 생겼다. 총무를 맡은 혜경이가 당당하게 손을 내밀며 "회비 내야지"하는 통에 "에이, 나 용돈이 벌써 요만큼 없어졌네"하는 아쉬움 어린 말투로 미련을 표현하지만 용돈과 회비를 구별하며 감질나게나마 마음을 채워가는 법을 스스로 터득하는 기회가 되지 않았을까 싶다.

이런 공감대가 있다 보니 불평은 없었지만 꼭 약속을 지키지 않는 누군가가 나타나게 마련이다. 그럴 때면 혜경이는 총무로서 자신의 맡은 바 소임을 다하느라 여지없이 미납자 명단을 공개했다.

"엄마랑, 언니 빨리 회비 내야지. 밀리면 어떻게 해! 엄마는 두 달이당. 언니는 이번 달이궁."

그 말이 떨어지기 무섭게 "에이, 아빠처럼 딱딱 줘야지! 앞으로는 벌칙으로 얼마를 더 받을까"하고 아빠가 총무 편에 자석처럼 찰싹 달라붙는다.

"어휴 또 간신이 생겼다. 총무님 여기요. 엄마는 완납입니다."

"오키."

"언니는 안주냐?"

"좀 있다 줄게."

그렇게 받은 회비를 들고 자신의 방으로 들어가 총무업무를 시작한다.

뒤따라 가 방 앞에 앉아 질문을 던져본다.

"그런데 총무님, 회비는 어떤 용도인가요?"

"다 같이 돈을 내니까. 거 뭐라더라 공금!"

"공금이 정말 무서운 돈이지."

엄마 말의 뉘앙스에 이상한 점을 눈치챘는지 결백을 주장하는 혜경이.

"내 거가 아니니까. 엄마! 나 회비 안 쓰는데."

"알지. 달리 오해하지 말고 엄마는 공금에 대한 걸 알고 있으라고 얘기해주는 거야. 혹시 학교생활에서 반비 같은 돈을 맡게 되는 일이 생길지 모르니까 하는 소리야."

혜경이 대답했다.

"걱정 안 해도 되는데. 그런 일 안 맡으니까."

이렇게 혜경이는 가족 공금을 책임감 있게 관리하고 있었다. 그리고 모두가 기회의 출발선에 섰다가 결승점이 되는 각자의 생일날 손에 금일봉을 척!하고 내줬다.

그 작은 손이 척 내어준 돈은 금액이 많고 적음을 떠나 두 딸에게는 그야말로 알찬 용돈이나 진배없었고, 어른인 우리에게도 마음이 부자가 되는 기분이라 어지간히 꿍쳐놓는 시간에 담보를 잡았었다.

이런 우리의 특별한 이벤트가 혜경이는 여간 좋았는지 간혹 친구들에게 회비에 대한 이야기를 했다는 걸 듣고 그 마음을 알 수 있었다.

그래서 나도 혜경이처럼 사회 친구들에게 우리 집은 생일날 이런 행사를 한다고 하면 "꽤, 괜찮은데 오붓하니"라며 자녀와의 유대감에서 좋을 것 같다고 본인들의 가족에서도 시도를 생각하는 친구도 있었다.

혜경이는 양력 12월 5일.

그리고 뒤에 남아 이렇게 그리워하는 미안한 엄마는 음력 12월 5일.

딸이랑 엄마는 겨울 우리들만의 모임에서

가족의 따뜻한 4인 4색 마음을 가진 마지막 주자가 되었고

딸이 없는 현실에서는 더 이상 지속될 명분이 없으니

총무 허락도 없이 자동 해체되었다.

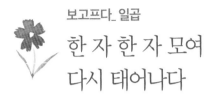

보고프다_ 일곱

한 자 한 자 모여
다시 태어나다

보고 싶다!

얼마만큼 보고 싶으면 '사무치도록'이란 글귀가 나를 친다.

치면 칠수록 눈물이 나고 마음을 어찌할 수 없으며 그럴수록 가슴이 터질 것 같다.

차라리 내 몸이 터져버리면 좋으련만 사무치도록 보고픔이 덜 한가보다.

이 몸뚱이가 터지지 않는 걸 보니 말이다.

나도 살면서 그 단어만 들어도 무섭게 느꼈던 그 길을 우리 딸 혼자 보내고 마음을 꾸역꾸역 억누르는 시간을 보내고 있을 때, 내 여동생이 조심스럽게 말을 꺼냈다.

"언니가 힘들어할 게 훤히 다 보여. 너무 슬퍼하지 말고 잊지 못하는 사랑을 글로 써봐. 분신 같은 자식을 잃었는데 잊을 수가 없지. 그렇지만 남은 사람도 생각하면서 언니가 꿋꿋해야지. 혜경이도 그런 엄마를 좋아할 거야. 언니 글 잘 쓰잖아. 한번 시작해 봐."

그렇게 시작된 딸을 향한 그리움을 천륜이라는 종이에 한 자 한 자 내 마

그리운 길은 _____
참으로 모질다

음 가는 그대로 손가락에 의지하여 자판의 자음 모음을 누르며 또박또박
박히는 글에 가슴이 미어졌다.

사랑해, 사랑해
엄마 마음
펌프질하여 다 퍼내어도
이제는
살갑게 받아줄 혜경이가 없다.

밤을 곁다리 친구 삼아
마음 가는 대로 풀어놓으니
하얗게 날밤까지는 아니더라도
새벽녘까지 같이하며 울어주다.

예쁜 딸 곁에
그리워하는 마음들 옆에 있으니
이제는
혼자가 아니야 외롭지 않아
그러길 바라는 엄마 심정 놓았다.

글이란 단어가 한자씩 줄지어져
회한悔恨과 사무치는 정이 교차
몇 자씩 써 내려가는 내내
엄마 마음속에 갇혀있던 혜경이가

세상 밖으로 나오지.
축제 때 춤추던 생기발랄 움직이지.

딸내미 얼굴 보며 잇는 모정 두 볼엔
눈물이 미끄러지다.

큰딸 붙잡고
이젠 볼 수가 없어 혜경이를
그 마지막 길을 울면서 보내놓고
엄마는 죄인이 되는 길이 되었단다.

엄마가 그리워하는 딸을 글로써 하나 둘 피울 때 예쁜 모습 그대로 다시 태어난다. 그래서 누군가가 읽어 줄 때마다 기지개를 켜며 늦잠꾸러기가 잠에서 깨어나겠지, 생전처럼 말이다.

그렇게 세상 속에서 불러질 이름 석 자, '이혜경'은 잊지 않는 길목에 다가와 섰기를 엄마는 소원한다.

기지개를 켜며 잠에서 깨어날 글은, 『너에게 그리움을 보낸다』로 세상에 나왔다.

수능
선물

한 줌 두 줌 뿌려 꽃 핀 핫한 선물

이런저런 자잘함이 어느덧 힘든 고개를 이제 막 넘으려는 언니에게 한 박자 쉬고 숨 고르기 한 번하고 앞길을 걸어보라고, 달콤한 사랑의 향기를 흠뻑 뿌려주는 사랑은 이런 거라고, 언니와 나와의 사랑은 이런 거라고, 보태지 않고 내가 만들 수 있는 최대한의 범주에서 언니에게 한 아름 안겨주는 따끈따끈한 사랑은 이런 거라고… 이런 마법사 같은 역할에 자신마저도 뿌듯한 마음의 부자가 된 듯 행복한 순간을 담아 놓았다.

현관문이 열리고 과자상자를 양손으로 안아 든 채 녹초가 되어 들어서며 혜경이가 말했다.
"나 왔어. 아이 힘들어! 힘들어!"
"그게 뭔데?"
거실 걸레질하며 내가 물었다.
"뭐기는, 언니 수능 선물이야!"

"아니, 무슨 수능 선물을 과자상자로 가지고 와. 이걸 어떻게 들고 왔어. 어휴! 언니야, 여기 좀 와봐. 아주 크고도 큰 선물이 왔다."

"자! 내가 주는 선물이다. 수능 잘 보라고."

방에 있다가 거실로 나온 언니 앞에 과자상자를 내민다.

"와 대박! 고마워! 이런 선물 받은 사람은 아마 나밖에 없겠다. 대단해! 이것 봐! 과자가 종류별로 다 있다. 그리고 여기 과자상자 면마다 메모도 대단하다. 나, 이거 사진 찍어놔야지. 안 되겠다."

찰칵 찰칵, 연신 핸드폰으로 사진을 찍어댄다. 언니 마음을 사로잡은 동생의 정성 한가득 과자상자. 세상에 하나밖에 없는 선물이었다.

"어디 엄마도 보자."

하던 청소도 내팽개치고 칭찬을 이어갔다.

"야! 우리 혜경이 정말 기특하다. 어떻게 이런 이벤트를 생각했지? 아빠, 엄마는 기껏 초콜릿하고 청심환 산 것 밖에 없는데. 친구들도 많이 응원해 주고 말이야. 우리 딸 인기가 짱이네."

"어디 나도 좀 보자."

이런 흔하지 않은 선물 구경에 아빠는 권하기도 전에 불쑥 끼어든다.

"최고!"

"나, 그거 사느라고 용돈 엄청 썼다." (지금도 목소리가 생생하다.)

"그러게 학교 앞 매점 과자를 싹 쓸어 가져올 정도니 용돈도 만만치 않았 겠지. 이걸 힘들게 수업 끝나고 들고 온 것도 정성이 하늘을 치솟지. 그래 도 티격태격할 때는 있지만 동생이 언니를 엄청 사랑하나 보다. 이런 동생 어디 있니. 언니도 나중에 동생 수능 잘 보라고 이벤트 선물해야겠다. 정말 기특하다 기특해."

거실은 한바탕 난리 법석 버금갔다. 받는 언니도 주는 동생도 그 옆에서

그리운 길은
참으로 모질다

보던 아빠, 엄마도 마냥 웃음이 길었던 시간이다.

언니는 뜻밖의 동생 선물에 누구 하나 손도 대지 않게 했으며, 자기 방으로 가져가 책상에 올려놓았다. 어떤 돈으로도 값을 매길 수가 없는 그 기분을 무엇에 댈 수가 있을까. 너무나 좋아했던 자신만의 선물이기에 엄마인 나도 방 청소를 하다가 뒤적여보고 슬쩍할만한 여백도 있었지만, 괜한 심술로 김빠지는 마음을 주기 싫었던 과자상자 보물.

우리 혜경이는 그 과자로 언니의 마음을 홀딱 반하게 했으며 세상에 자기만 이런 선물을 받았을 거라는 기분의 첨가물을 손수 만들어 주었다. 덕분에 수능 보기 전 큰 시험에 앞선 강박감이 조금은 씻겼을 그런 선물을 받았다는 의미에서 더욱 중요했을 테지.

누가 가르쳐주지도 않았는데 언니에게 그동안 고3 고달픈 공부로부터 잠시나마 잊을 수 있는 시간과 진짜 마음 편안한 순간을 선물해 준 우리 혜경이. 사랑하는 마음을 전달하기 위해 과자는 물론 아름답고 따뜻한 글까지 더해 정성껏 포장하여 영원히 잊지 못할 선물을 위하여 용돈을 아낌없이 써버리는 '돈 쓸 줄 아는' 동생이었다. 또, 선물이라는 의미를 너무나도 완벽하게 이해하고 준비하여 상대방 마음을 군더더기 없이 확 사로잡을 줄 아는, 참다운 동생의 면모를 보여준 여고생이었다.

우리 혜경이가 언니를 기쁘게 해주기 위한 방법으로 깜짝 이벤트를 실행함은 천륜지정天倫之情을 비축하고 비축하여 마음껏 보여준 도드라진 일면一面이다.

그리고 수능시험을 마친 그날, 혜경이 핸드폰 카카오톡 프로필에는 "수고했쩌 이은경"이라 써놓았다. 선물에 그치지 않고 끝까지 언니에게 사랑하는 마음을 명료하게 글로 표현한 것이다.

혜경이가 수능선물로 과자상자에 담은 수능시험 응원 메시지

- 2013년 11월 07일 언니 수능시험 응원

_혜경이 메시지

야~ 혼자 다 먹어라-

생일선물도 안 챙겨주면서 수능선물은 받고 싶지 ㅋㅋㅋ

학교에서 출출할 때 먹어. 나 이거 엄청 많이 넣었음ㅋㅋㅋ

과외 가져가서 먹던지. 힘든 수능 잘 보셈.

_김혜선 메시지

안녕하데요. 저는 혜공이의 자기 혜선이에요! 못생긴 혜공이 ㅠㅠ

언니라서 힘드시죠!

수능 잘 보시고 혜경이 부려먹으세요!

대박 나세요!

_김성인 메시지

안녕하세요. 혜경이의 짝 김성인이라고 합니다.

수능 잘 보시구 담에 꼭봬여.

사진으로만 봤었는데 이쁘시고 귀여우세요. 실물이 기대되는!!!

담에 꼭 봬요~~ 수능 대박! 수능 잘 보세요^^

_9반 재간둥이 메시지

혜경이의 언니!! 안녕하세요^^ 혜경이 써먹으세요. 많~이~

수능 완전 대박 나시고 맘껏 즐기세용ㅎㅎ

그리운 길은 _____

참으로 모질다

_김시연 메시지

혜경 언니닝~~ 저는 혜경 친구 시얀이라고 합니다.

저희에게도 다가올 수능 대박 꼭 초대박 우왕!치시킬 바랄게요.

안녕하떼요!! 시험 잘 보시길 바라요~~

사랑해요. 하트 뿅뿅뿅.

_정예진 메시지

혜꽁이 언니 안녕하세요~ 저는 혜경이 친구 예진이에요.

우선!! 수능 짱짱 잘 봤으면 좋겠고 꼭 꼭 잘 푸시고 잘 찍으시고 잘 풀으셨으면 좋겠어요!!

재수 절대 XXX!!!

_박예슬 메시지

안녕하세요 ✕ 저는 혜경이 친구 예쓸이에요 ㅋ

수능 얼마 안 남았는데 시험 잘 보시고! 공부한 만큼 결과가 잘 나오셨으면 좋겠어요 ^^*

안녕히 계세용.

_유예은 메시지

안눙하세여! 전 혜경이 친구 예은이에요 ✕

수능 완전 대!박! 치세요!!

잘 푸세요.

_옆반 친구 메시지

수능 대박 짱 잘 보시길 기도해요!!!!!

안녕하세여! 전 이혜경 옆반 아이고 꼭 수능이시네요 T. T...

꼭 잘 보세요. 긴장하지 마시고 파이팅!

_은지 메시지

이제 수능이 얼마 남지 않았는데 이제껏 해왔던 만큼 떨지 말고 좋은 결과가 있길 빌게요.

파이팅!!

_민지 메시지

안녕하세요! 혜공이 친구 민지라고 합니다.

공부하시느라 수고 많으셨고 수능 대박 나세요~~~

그리운 길은 _____
참으로 모질다

보고프다_ 아홉

북
콘서트

태아 때부터 내 손을 떠나기 전까지 그 시간 속에 마주한 혜경이를 향해 엄마는 상사병에 걸렸습니다.

그 엄마가 사무치게 그리워 긴 터널을 걷기 시작한 지 3년 하고도 6개월이 되어가고 있고요.

이 터널은 끝이 없음이 처음부터 명시되어 있는 것이며, 결국 제게 유일한 해법이란 혜경이가 있는 곳에서 만나는 그날이라고 말하고 싶습니다.

가슴앓이 넋두리가 한 방울, 또 한 방울 눈물로 꿰어져 사무치는 글이 되었습니다.

애절한 심정에 슬픔이 나를 이기고 엄마는 강하다고 하는데 강함이 그 슬픔을 이기지 못합니다. 그 슬픔 또한 한 줄 한 줄 마음 가는 대로 썼습니다.

그렇게 엮어진 시집, 감히 고개 들어 내밀 수 없는 미약한 이 책에 이해인 수녀 시인님께서 따뜻하게 아픔을 다독여 주시는 엄마의 손길처럼 서평을 해주셔서 감사한 마음 어찌 말로 다 표현을 할까 싶습니다.

시인 이산하 선생님께서는 보잘 것 없는 글을 아낌없이 보시고 굵직한 서평과 함께 남아있는 유가족의 마음을 그대로 안을 수 있다는 잔잔한 보고

41

품의 글귀를 찾아내어 2017년 시집 「너에게 그리움을 보낸다」가 출간되었습니다.

출판기념회에는 제게 응원을 아끼지 않은 많은 분들이 참석해 주신 소중한 자리였습니다. 기념회 식장에 들어서는데 이미 내 안에서는 눈물이 오르고 있었습니다. 잔잔한 배경곡이 내 귀에 쏙쏙 들어와 딸 상사병에 걸린 엄마가 되었습니다.

보잘것없고 정말 미숙한 글이지만 자식을 잃은 아픔을 따뜻하게 감싸주신 고마운 분들에 의해 제가 그 자리에 서게 되었습니다.

사실 저에겐 지난 흘려보낸 시간 속에 잠시 묻어 둔 얘기가 있어요. 아이들에게 더 이상 부모의 손이 필요하지 않는 때가 오면 깊은 산속 자연과 더불어 호젓하게 살면서 남편과 둘만이 노년을 보내며 나를 위한 단 한권의 책을 쓰고 싶었던 너스레가 있었습니다.

소설가나 시인처럼 글을 쓰는 작가는 아니라도 책을 많이 탐독하셔서 서재가 휘청하도록 다량의 책과 이곳저곳에 자연스레 뒤엉켜 켜켜이 쌓여 있는 책을 보면 부러운 대상이었지요.

'저런 날이 올 수가 있을까? 평생을 살면서 저런 아름다운 풍경은 그리지 못하겠지?'라는 생각의 이면에 어쭙잖은 마음에 일던 막연한 글쓰기에 대한 오만을 가졌던 시간입니다. 그러나 이젠 그 오만을 꿈꾸지 못합니다.

대신 슬픈 이별을 가슴에 안고 살게 된 엄마의 가슴앓이 넋두리가 책으로 출간되었으니 슬픈 꿈이 되어버렸습니다. 자식이 처참하게 쓰러지는 광경을 두 눈으로 가만히 쳐다보며 보내놓고, 매일 조석으로 사진 속 딸을 가만가만 만져봅니다.

V자 하고 있는 손, 머리, 오똑 선 콧대, 두 볼, 앵두처럼 작은 입술, 갸름한 턱을 천천히 만지면 생전에 아침마다 내게 주었던 감촉이 생생하게 느껴져

그리운 길은 _____
참으로 모질다

제 손가락이 쑥 들어갈 것 같지만 표면만 만집니다.

그 감촉은 매일매일 만져진 손가락에 무디지 않고 그대로, 그대로입니다. 그러니 제가 얼마나 애타겠습니까.

그런 심정을 글이란 힘을 빌려 시간에 멈춘 내 딸에게 숨 쉬는 채색을 입히려 한 것입니다.

아픔을 함께해 주시는 분들이 제 글을 보고 혼신의 마음을 실어 네 곡의 노래가 세상에 나왔습니다. 그리움의 슬픈 글이라서 무척이나 힘든 작업을 하셨다고 조심스레 말씀을 주십니다.

'마지막 포옹', '눈', '보이는 시', '꽃을 보거든'.

'마지막 포옹'과 '눈'*은 노래하는 나들 가수 문진오 님이 곡을 만들어 김가영 님이 불러주셨습니다.

'보이는 생각', '꽃을 보거든' 곡은 가수 이상은 님이 작곡을 하시고 불러주신 노래입니다.

언제나 내 곁에 있다고 생각하며 그리운 딸이 부르던 "엄마"라는 목소리를 귓가에 울리게 띄우며 영상처럼 스치는 과거로부터 일련의 과정을 스캔합니다. 반복되어도 아무 문제 없으며 가슴에 꽉 담아도 채워지지 않는 그리움 자락을 어미는 죽는 날까지 채우고 채울 것입니다.

그리고 이 지면을 통해서 감사드리고 싶은 두 분이 계십니다.

최예륜 작가님입니다. 제 글이 세상에 나올 수 있도록 바쁘신 일정 마다 않고 앞장서서 시집 첫 삽을 떠주시고 많은 홍보를 하셨습니다.

권미강 작가님입니다. 시집 편집과 북콘서트 진행, 배냇저고리 영상도 만들어주셨으며 계속 글을 써볼 것을 권유하셨습니다.

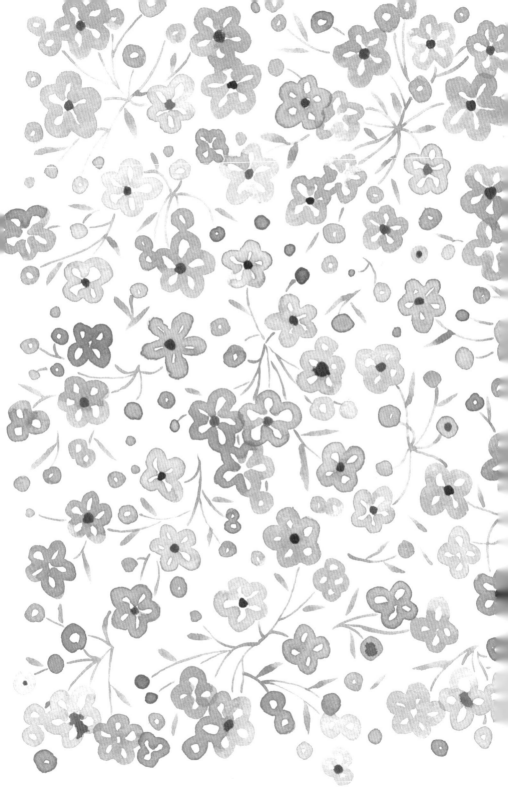

아빠가 아빠를 만든
자화상

우리 예쁜 두 딸이 초등학교 입학하기 전 일이다.

취재하느라 얼굴에 홍조 띤 어린 두 딸이 아빠 꽁무니를 쫓던 모습이 지금도 추억보물 상자 속에 숨어있다.

나는 그런 추억들이 세월의 무게를 짓누를 만큼의 긴 시간이 흐른 지금도 휘두르면 보물이 쏟아지는 도깨비 방망이나 문지르기만 하면 요정이 나타나 소원을 들어주는 요술램프 처럼 원하기만 하면 아주 쉽게 소환되어 나온다.

저녁을 먹는데 TV에서 사건현장을 취재하는 영상이 나왔다. 그것을 보고 있자니 문득 '아! 아이들과 한번 저 놀이를 해보면 좋겠다'하는 아이디어가 떠올랐다.

부지런히 저녁 설거지를 하면서 내 꿍꿍이속을 말하면 아이들이 어떤 반응할지 생각하며 입가에 씨~익하는 웃음이 들었다.

"자, 여기 모여 봐요. 지금부터 놀이를 하려는데 무슨 놀이일까요?"

소파에 앉아있던 남편은 갑작스런 질문에 "모르지"라고 넘겼지만 천진스런 두 딸은 "뭔데?" 하며 호기심을 드러냈다.

"응, 엄마가 저녁 먹으면서 뉴스에 얼굴 가리고 있는 아저씨를 취재하는 기자를 보고 생각했는데 우리도 그 놀이를 해보자."

"어떻게 하는 건데."

큰 딸내미가 물었다.

"엄마가 하라는 대로 하면 되는 거야. 아빠는 어떻게 하지, 미안해서. 그래도 뭐 놀이니까 악역을 해주셔야지 뭐."

"아! 엄마 봐라. 아빠 보고 완전 나쁜 사람하라고 한다."

"우리 딸들은 열띤 취재를 하는 현장 기자야."

"그럼 엄마는 뭐 하는데."

큰 딸내미가 묻는다.

"엄마는 뒤에서 보조야. 딸들 코치해 줘야지. 그래야 신나고 재밌지. 자! 그럼 이제부터 시작을 해 볼까."

남편에게 점퍼를 건넸다.

"아! 좀 그렇다, 배역이."

남편은 점퍼를 뒤집어쓰고 거실에서 아이들 놀이방으로 종종걸음으로 도망을 갔다. 아이들은 마이크라고 아무거나 하나씩 들고는 아빠 뒤를 쫓아가서 잡는다. 아빠는 잡힌 자리에서 뿌리치며 거실로 피신한다.

서너 번을 방과 거실을 분주히 오갔다. 연신 따라다니던 어린 두 딸이 아빠를 꽉 잡았고 고개를 푹 숙이고 있는 아빠에게 한마디씩 던진다.

"여보세요! 왜 그러셨어요. 말씀해 보세요."

큰 딸이 먼저 몰아세운다.

"잘못했어요. 용서해 주세요."

나쁜 사람이 된 아빠는 취재진의 질문에 답한다.

그 옆에 있던 혜경이도 한마디 거든다.

"여보세요. 무얼 잘못했는데요."

"저, 저, 아니, 그냥 잘못했어요. 정말 다시는 안 그러겠습니다. 딱 한 번만 용서해 주세요."

남편은 역할을 충실히 만족스럽게 잘하고 있었다.

"근데 왜 얼굴을 안 보여줘요. 아! 참, 점퍼를 내려요."

취재기자 역할에 몰입한 큰 딸의 요구에 아빠는 아예 얼굴을 점퍼로 뒤집어쓰고 꼼짝도 안 하고 있다.

"얼굴을 보여주세요. 범인아, 자기 맘대로 야."

혜경이가 아빠와 실랑이하는 광경을 보면서 보조인 난 옆에서 말했다.

"그냥, 점퍼를 벗겨."

그러자 두 딸이 아빠의 얼굴을 봐야겠다며 득달같이 달려들어 점퍼를 잡아당긴다.

역할을 제대로 하려고 악착같이 버티는 아빠와 거기에 맞선 두 딸의 열기가 어느 정도 무르익을 즈음 아빠는 얼굴을 활짝 내밀어 준다.

"야! 범인 얼굴이다."

아빠도 두 딸도 서로가 마주한 상태에서 깔깔깔 웃는다.

"이상하다. 근데 범인이 아빠랑 똑같지?"

내가 옆에서 거드니 남편은 억울한 눈치다.

"나, 나쁜 사람 역할 안 할 거야, 놀이지만."

"처음이자 마지막이야"

내가 괜한 놀이를 하자고 했나 싶었지만 남편의 눈높이 사랑은 고맙고 감사하다.

그렇게 나의 연출, 그리고 남편과 두 딸의 맡은 바 훌륭한 연기로 이루어진 하루 마무리는 안방극장 최고의 시청률을 올린 놀이가 되었다.

남편에게 아버지란 '무섭고 어려운 사람'으로 자리매김 되었다고 한다. 때문에 자신이 훗날 부모가 된다면 무섭고 엄한 아버지가 아닌 아이들과 잘 놀아주는 아버지가 되겠다며 마음의 꼬리표를 신혼 초에 넌지시 던졌었다. 그 꼬리표가 떨어지지 않도록 하기 위해 두 딸에게 애정을 아낌없이 쏟아주던 남편. 그의 넓은 그릇 안에서 어린 마음들이 풍당풍당 철퍼덕 한바탕 잘 놀았던 그 날의 기자놀이를 마치며 다시는 나쁜 역을 주지 않겠다고 했는데 이 글을 읽으면 단언컨대 그 배역을 다시 하겠다고 자청할지도 모르겠다.
'대신, 꼭 우리 혜경이가 함께 하는 기자놀이가 되어야겠지'라고.

혜경아, 언니에게 물었더니 그 시간이 '기억난다'고 하더구나.

그리운 길은 _____
참으로 모질다

누룽지
씨앗

보고 싶은 딸아,
네가 떠난 뒤로 딱 한 번.

찬밥이 적잖이 남아 있는 날이면 볶음밥 하기는 싫고 뭔가 간식거리라도
해 줄 생각을 하게 된다. 계란 반죽에 갖은 야채를 다져 넣고 밥이랑 섞어
얇게 부쳐 노릇 바삭하게 한 접시 내밀어 주면 오며 가며 심심치 않게 한
조각 입에 넣고 주전부리 삼아 먹었지.

또 누룽지는 어떻고.

누룽지 할 때는 가마솥이 참 좋지만 여건이 되지 않으니 스테인리스 냄
비에 했다. 냄비에 밥알 틈이 생기지 않을 정도로 얇게 펴놓은 다음 물기를
조금 흩뿌린 후 약한 불에 새끼손가락 약속을 걸어 놓았지.

이유는 느긋한 여유로 은근하게 깊은 감칠맛을 부탁하는 내 마음을 조
절해 놓은 불씨에 놓음 때문이다.

밥알이 누르는 냄새가 내 코에 신호를 보내오면 "어디 보자~" 하며 냄비
뚜껑을 열어보고는, 눌린 상태를 교통정리하며 조금만 더 뜨거운 지짐을 즐

기고 있으면 좋은 양질의 맛을 넙죽 선물로 내줄 낌새를 챘지.

거실에서는 아이들이 냄새가 끝내준다며 아우성 아닌 아우성을 친다.

빨리 먹고 싶다는 채근도 그 냄새에 한몫 더했지.

"자! 그럼 어디 보자, 채근까지 섞였으니 누룽지가 잘 눌렸겠구나."

냄비 뚜껑을 열어보니 보기에도 작품의 완성도가 끝내주는 약한 불의 예술적인 누룽지가 탄생하는 순간이었다. 숟가락을 눌린 누룽지 가장자리에 척 입맞춤 시키니, 깜짝 놀란 듯 눌린 누룽지가 들썩 떠버려 쉽게 들어올려졌다.

목을 길게 빼고 이제나 올까 저 제나 올까 기다리는 아빠와 두 딸 앞에 바삭하고 고소한 감칠맛을 품은 누룽지 접시를 내놓았다.

"야~ 누룽지다."

소리와 동시에 손은 벌써 한 점씩 입안에 쏙쏙 넣고는 오돌오돌 냠냠, 저녁밥을 물린 뒤 간식을 셋은 서로 욕심부리지 않고 맛있다며 나누고 있었다. 그걸 또 못 참아서 남편이 더 먹겠다며 짓궂은 장난 시샘을 보이면 두 딸이 "어른이 뭐야~"하며 "그럼 우리도 많이 먹어야지"하는 경쟁 심리를 발동시켰지.

남편은 한 점씩 두 딸 입에 넣어주며 다음에 또 만들어달라 한다.

알았다 말은 했지만 내 귀때기에 앉은 우리 엄마의 '누룽지 박박 긁으면 복이 나간다'는 말은 일절 하고 싶지 않았다.

행복의 가치가 고급스러운 음식점에서 찾아질 경우도 물론 있다. 그렇지만 소소한 꺼리에서도 맛을 음미하며 행복이라는 종을 친다. 우리는 그렇게 누룽지에 얽힌 행복의 종을 거실에서 울렸다.

누룽지를 만들어 두 딸 앞에 내놓으면 심심풀이 땅콩 삼아 오며 가며 접시에 담긴 누룽지가 없어질 때까지 엄마 모습을 그리며 두 딸의 마음에 동심의 싹 하나 틔웠겠지.

그렇게 행복의 일부였던 누룽지는 우리 혜경이와 이별 후 큰 딸에게 딱 한번 만들어 주고는 멸종 되어버렸다.

엄마가 언제라도 만들 수 있는 쉬운 누룽지건만, 가슴에 묻은 딸에게는 어려운 누룽지가 되었지.

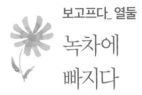

보고프다_열둘

녹차에
빠지다

끝없는 그리움을 앞에 두고 현미녹차를 마셔본 시간들이 있었다.
사랑하며, 사랑했던, 미치도록 보고픈 딸을 떠올리면서.

설거지를 하는데 10대의 마냥 어린 딸이 뭔가를 컵에 넣더니 수저로 저
은 후 마시고 있는 모습이 내게 포착되었다.
"지금 뭐 먹은 거야?"
하던 설거지를 멈추고 딸을 보며 물었다.
"엄마, 녹차야."
"녹차, 녹차 좋아해? 그거 엄만 쓰다고 해야 하나, 맛이 없던데."
"응, 다이어트에 좋아"
간단명료 답을 던진다.
그러고는 녹차가루 통을 손에 들고 부리나케 방으로 가버린다.
그 쌉쌀한 맛 녹차를 순식간에 마시는 것을 보고 '어떻게 그 잠깐 입안의
판정을 무색하게 하다니' 생각이 들었다. 본시 누구나 입에 넣어진 맛이 달
면 삼켜버리고 쓰면 바로 뱉어내는 혀의 미각에 녹다운을 당하기 일쑤인데

그리운 길은 _____
참으로 모질다

말이다.

나는 내 옆을 스쳐 방으로 향하는 딸 뒤에다 대고 말했다.

"살도 찌지 않고 배도 나오지 않았는데 무슨 다이어트를 해. 뱃살이 등짝에 붙었구먼. 한창 클 성장기에 잘 먹어야지."

딸의 뒷모습을 향해 자신의 관심사에 대해 약간 심하다 생각하는 바를 귀담아들었으면 하는 마음에 던졌던 말을 아마도 딸은 거칠 것 없이 강한 바람처럼 패스했겠지.

방으로 들어간 딸은 내 말에 일언반구도 없었기에 나도 별다른 태클 없이 스무드하게 패스했다. 왜냐하면 누군가의 말에도 설득되지 않고 자아의식이 확고하여 흔들리거나 움직이지 않는 태세를 갖는 시기가 그맘때임을 알기 때문이다.

설거지를 마저 하며 '대체 뺄 살도 없는데 왜 다이어트를 하려 하지. 그리고 녹차가 좋다는 이야기는 대체 누구에게 들었을까' 생각을 해보았다. 하지만 엄마의 생각과는 달리 녹차에 빠진 딸은 다이어트가 건강에 좋은지 나쁜지 보다는 아름다움을 추구하는 마음의 확신이 더 분명했고, 즐거운 목표 고지를 향해 리듬을 튕기는 연주자가 되어가고 있는 거다. 거기서 예쁜 딸은 시행착오도 직면할 것이지만 실패한다는 예단은 결코 자신만의 생각에 끼워주지 않을 것처럼 매일 녹차가루를 마셨지. 그리고 딸의 확신은 친구랑 녹차아이스크림을 손에 들고 건배하듯 찍은 사진을 통해 뒤안길에서도 만나보게 되었다.

늘, "엄마~" 하며 불러주던 혜경이 책상에 놓인 먹다 남긴 녹차가루를 뭐가 그리도 급하다고 삼우제 지내고나서 치우던 순간, "다이어트에 좋아" 하던 혜경이의 목소리가 생생했다. 순간, 하던 동작을 잠시 멈추고 물끄러미 녹차가루 통을 만져봤다. 그리고, 내 손에 거꾸로 들린 채 분말을 피우며 녹차가루는 쓰레기봉투 안 공간으로 스며들어갔다.

그렇게 버렸지만 막상 혜경이가 그렇게 챙겨 먹던 이유가 궁금해 효능을 알아보니 모공을 줄이는데 좋다는 내용이 있다.

우리 딸 한창 미모에 관심이 많을 때였는데 콧등에 자꾸만 생겨 고민하던 블랙헤드에도 좋았었겠구나 하는 생각이 든다.

진작 우리 딸 응원해 줄 것을. 늦었지만 혜경아. 엄마가 네가 하는 모든 것을 응원할게.

그리운 길은
참으로 모질다

움직이는 공간에서
우리는

뒷좌석에서는 딸과 온기가 맞닿아 서로의 여독을 풀어주며 평정을 갖는 포근한 공존의 시간이 있었다.

자가용이라는 좁은 공간에서 즐거운 시간을 갖기에는 끝말잇기가 최고라고 엄지 척! 해주고 싶다.

시골 할머니 댁을 가거나, 멀리 여행 갈 때 또는 지근거리라도 자가용을 타고 나설 때는 지루함을 달래고 아빠의 졸음운전을 피하기 위해 끝말잇기를 참 즐겨 했다.

나는 언제나 승차를 하자마자 남편이 운전석에 앉을 때를 기다렸다. 그리고 승차하여 안전벨트를 어깨에 메는 남편을 향해 "누가 먼저 시작을 할까?" 해놓고는 곧바로 "당신이 먼저 시작해요. 우리 집 기둥이니까"라고 운을 뗀다.

남편은 "알았어. 어려운 단어로 해야지"라며 출발 준비에 여념이 없다.

"그럼 반칙이다."

"재미없지."

"어디 해봐."

이구동성으로 좋알좋알 쏴붙여도 남편은 아랑곳하지 않고 변함없이 끝말잇기 첫 테이프를 끊은 단어는 언제나 그랬듯 '나무꾼'이었다.

"아우!"

나와 두 딸이 보내는 야유를 재미있다는 표정으로 웃으며 "다음은 은띵 차례다" 하며 배턴을 넘겼다.

"음, 나도 꾼 돈이다!"

이번에는 긍이가 할 차례다.

"난, 돈벼락."

"그럼, 엄마는 락스."

이렇게 시작된 끝말잇기는 남편이 야유를 받았던 그 단어처럼 사실은 모두가 변함없이 단골 단어를 첫 끝말잇기 단어로 항상 앞세워 외쳤다. 그렇게 시작된 쉼 없는 단어 릴레이를 하다 보면 꼭 실수처럼 장난기 발동에 배턴터치를 놓쳐 넘어지게 만든다. 그 장난기 발동은 누구든 이어받아 끝말잇기를 바로 일으켜 달리지 못하게 '해질녘' 같은 단어를 써먹었기 때문이다.

그럴 때면 모두가 어안이 벙벙한 상황에서 여기저기서 응징이 따랐다.

"아이, 그게 뭐야. 그러면 다음에 나도 그렇게 한다."

하지만 한 번으로 끝날 게임이 아니기에 "끝말잇기 다시 시작"이라 하면 그 소리가 끝나기 무섭게 남편을 제외한 셋이 일제히 "나무꾼"이라고 맞춘 듯 합창을 하고 남편은 이내 아쉬운 듯 "에이, 내가 해야 하는데"라 하고는 다시 말투를 거두고 "나무꾼"이라 한다.

이런 남편의 개구짐과 두 딸의 재미가 줄어들어 힘이 빠진 어투가 될 즈음이면 그때서야 이제 우리 그만하자 말했지. 두 딸은 좋아하는 음료수 몇 모금을 마시고는 뒤따라 갑자기 조용해지는 분위기가 확 밀려왔지. 말을

그리운 길은 _____
참으로 모질다

많이 해서 피곤해서였을까 딸들은 스르르 잠으로 초대되었다.

남편 뒷좌석에 앉은 혜경이는 차 문이 있는 쪽으로 기대어 자려고 해서 옆에 앉은 나는 내 허벅지를 베개 삼아 누워서 자라고 눕혔다.

"이래야 고개가 아프지 않지."

그렇게 딸과 몸을 맞대고 가는 길, 내 몸이 불편하다는 생각은 전혀 들지 않았다. 오히려 '좁은 공간에 누워 가는 것이 많이 불편하겠구나' 하는 마음만 내내 이어져 딸 얼굴을 내려다보며 안쓰러운 마음에 이마를 쓰다듬어 준 뒷좌석 공간이다.

끝말잇기 단어 신경전이 줄줄이 곶감 꿰어놓듯 길게 이어지면 누군가 "어! 길게 가고 있다"라는 말에 잠시 끊기기도 했고 혜경이는 그 책임이 누구 때문인지 힐난의 화살을 쏘기도 했다. 그렇게 이런저런 우리 혜경이와 공존했던 오래지 않은 윤곽에 아주, 아주 나중에라도 그 어떤 공간에서든 우리 넷 끝말잇기를 했으면 하고 소원한다.

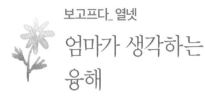

엄마가 생각하는
융해

따뜻한 한 잔의 차. 한 모금 머금어 내 목줄을 따라 넘겼다. 곧바로 온몸에 따뜻한 기운이 퍼진다. 아무런 감정 없는 액체는 추운 몸을 따뜻함으로 융해시켰다. 하지만 따뜻한 맞장구로도 피곤함을 융해시키지 못하는 그런 날이 있었다.

"혜경이 왔니? 힘들지, 간식 먹고 얼른 쉬어."
"아니야, 엄마 나 그냥 쉴 거야."
자기 방에 간 딸은 곧장 드러누웠다.
이런 일상이 반복되던 어느 날, 남편이 마중을 못 간 날이었다.
얼마나 지친 몸이 짜증 났으면 현관에 들어서며 거실에 누워있는 나에게 들어오는 자기를 안 본다는 말을 한다. 그 말에 "엄마도 피곤하거든"이라고 주저 없이 차가운 말을 내뱉고 말았다. 딸은 자기 방으로 갔고 난 기웃거려 볼 생각도 하지 못했다.
내가 피곤하다는 이유로 우리 딸 피곤한 마음을 몰라주고 이기적인 행동을 하고 말았지.

그리운 길은 _____
참으로 모질다

그렇게 내뱉은 어리석은 말은 결국 뾰족한 송곳이 되어 기억에서 자꾸만 고개를 든다.

딸아, 많이 외로웠지. 그날.

엄마가 볼멘소리로 피곤하다고 했을 때 벌판에 외로이 서 있는 것 같은 생각이 들었을 것 같구나. 혼자만의 방에서 지친 몸 끌어안고 얼마나 속상했을까. 엄마가 그때 얼른 일어나 우리 딸 안아주며 다정하게 "오늘 많이 힘들었지. 뭘 배웠어. 아빠가 데리러 갔어야 했는데"라며 토닥토닥 등을 쓰다듬어 주었다면 고단한 심신에 피로가 싹 가셨을 텐데.

엄마는 왜 그 순간 그 쉽고도 짧은 언어구사에 장애가 있었을까.

그 장애는 너에게 날아가 차가운 마음 고체가 되었겠지.

엄마가 왜 그랬을까. 그 날 느른한 널 이해 못 하다니.

이렇게 널 잃고 '후회'라는 벌판에 서서 응어리진 고체를 안고 있는데 언제쯤 융해시킬 수 있을까.

언젠가, 아니 우리는 분명 다시 만날 수 있을 거야. 그러면 지금 엄마가 느끼고 있는 심신 융해를 해줄 테야. 너의 빈자리에서 허전함과 그리고 어리석은 말을 내뱉은 얼룩진 마음을 언니가 따뜻한 손으로 가만히 잡아주며 옆에 있어준다. 또, 서로가 똑같은 부모 입장에 처했는데 내 손을 살며시 가져다 다섯 손가락 깍지를 끼며 잡아주는 아빠도 자신을 숨죽이며 엄마를 위로하는 마음의 치유를 보내주고 있지.

아빠와 언니가 말없이 손을 내밀어 서로의 손바닥이 합쳐지거나 손등에 포개지는 따뜻한 기운을 받고 있는 그 순간만큼은 적어도 엄마 몸이 융해되고 있어. 아주 흔하진 않지만 말이야.

예쁜 딸 떠나보내고 나니 삐죽삐죽 쑥쑥 송곳처럼 언어 구사에 장애가

있었던 혼하지 않았던 날이 들이밀고 엄마를 밀쳐.

아무도 뭐라 안 하는데 엄마 속에서 '알고는 있니?' 물어.

그날 이후 맞이하는 엄마 생각에서는 ….

엄마가 꼭 우리 딸 따뜻하게 감싸주는 사랑 보따리 식지 않도록 언제나 쟁여 놓을게. 그래서 주저 없이 내뱉은 "엄마도 피곤하거든"이라는 그 말 취소하고 다정하게 안아줄 거야.

그러면 딸 피곤했던 심신이 살살 풀리겠지. 엄마의 품으로 융해가 되는 어느 날일 테고.

지나간 흔적엔
무지가 있었다

흔적을 기억한다는 것은
추억을 기억해 낸다는 것은
나에겐 '엄마'라는 명함이 있기 때문이다.
그 명함에 참 무지스러운 내 행동이 있었다.

추운 겨울날 어린 두 딸을 데리고 은행가는 일은 여간 불편한 점이 한두
가지가 아니다.
그 불편을 조금 덜 고자 기껏 내린 결단이 있다.
큰딸이 5살(45개월), 혜경이는 3살(14개월).
언니랑 2살 차이지만 실질적으로는 3살 차이나 다름이 없지.
한 날은 곰곰 생각해 보니 혼잡하지 않은 은행 창구 시간에 맞춰 가면
불과 몇 분 만에 일을 볼 것 같다는 잔꾀를 부렸다. 그리고 그 일을 실천하
기에 이르렀다.
큰딸에게 "엄마 얼른 뛰어서 은행 갔다 빨리 올게, 혜경이랑 과자 먹으면
서 잠깐만 놀고 있어, 추우니까 엄마 혼자 얼른 갔다가 올 거야" 했더니 "응"

그리운 길은 _____
참으로 모질다

대답을 해줬다.

나는 불안했지만 큰딸에게 몇 번을 당부했다.

"혜경이, 입으로 아무거나 넣고 먹나 봐야 해, 과자 말고 다른 거 먹으면 안 돼. 그리고 누가 초인종 눌러도 절대 열어주면 안 돼. 꼭이야."

다짐에 다짐을 신신당부를 하면서 그 어린 것에 애를 맡겼다.

사리 분간을 제대로 가릴 줄 모르는 나이인데 무조건 엄마는 당부만 하고 큰 딸은 그냥 고개만 끄덕이며 응하는 입장이 되었다.

현관을 나서며 1층에 도착하고부터는 뒤도 안 보고 달음박질 시작했다. 쉬지 않고 내 달려 볼일을 보곤 공중 전화기에서 전화를 했다.

"혜경이랑 잘 있지? 혜경이 입에다 뭐 넣나 잘 봐야 해."

"엄마, 근데 혜경이 똥 싸는 것 같아, 힘주고 있어."

"알았어, 엄마가 얼른 뛰어갈게."

앞뒤 살펴볼 겨를도 없이 무단횡단하며 무작정 뜀박질하여 현관문을 열고 들어섰다.

"엄마, 왔다."

큰딸은 엄마의 속 타고 불안했던 그 몇 분을 알 턱없기에 천연덕스럽게 이런다.

"엄마, 바바. 혜경이 힘주고 있어."

큰딸은 세심하게도 동생 동태를 살피고 있었던 게다.

벽을 붙들고 서서 날 바라보는 혜경이를 뉘어 기저귀를 갈아주면서 큰딸 보며 말했다.

"그래, 엄마가 왔으니까 이제 괜찮아. 혜경이도 잘 보고, 착하네. 근데 혜경이 아무거나 주워 먹지 않았지."

걱정스러운 부분을 재차 물었다.

"아무것도 안 먹었어."

다섯 살배기 딸 대답은 엄마를 안심시켜 놓았다.

흔히들 동생과 있으면 해코지라는 걸 하는데, 큰딸은 동생이 벽 붙들고 똥을 싸느라 힘을 주고 있는 것을 지켜보고 있었다.

그때는 아무 생각 없이 돈 찾아올 것에 치중하다 보니 내가 얼마나 위험한 일을 자처하고 있었는지에 무지해 어린 딸에게 책임감 있는 당부를 안겼던 것이다.

큰딸이 그 짧은 시간을 엄마를 위해 보모 역할로 있어줘서 정말 대견하고 고마웠다. 하지만 지금 돌이켜보면 가슴이 철렁 내려앉을 일이었고 또 지금 같았으면 아동학대라는 지적을 들을 법한 나의 행동이었다.

내가 조마조마하며 발바닥에 땀나도록 달려온 것과는 상반된 천연덕스러운 얼굴로 나를 바라본 큰딸. 그리고 벽 잡고 서서 시원하게 볼 일을 보며 나를 보던 혜경이. 그 둘만의 시간을 어떻게 보냈는지는 모르나 정말 아무 일 없이 있었던 시간은 무모했기에 이후 두 번 다시는 어린 딸들을 두고 뜀박질하는 일은 하지 않았다.

큰딸에게 이 글에 대한 내용을 말했더니 "엄마가 하도 많은 얘기를 해줘서 들었던 것 같다"라고 한다.

그리운 길은
참으로 모질다

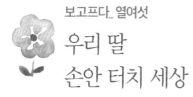

우리 딸
손안 터치 세상

손바닥 작은 공간 속에 빠진다.

사람과 사람과의 대화는 점점 어눌해진다는 표현을 하고 싶다.

그 대신 사람과의 대화가 아닌 문자 대화가 유창한 손안의 세상에 있다.

지금 우리는 세상 다변화에 움직이는 공범자 속에서.

첨단화된 기기의 기능을 손안에서 만지작만지작 터치하는 현대 문명의 문화다. 사무치도록 보고 싶은 어린 딸 역시도 자기만의 공간에서 늦은 시간까지 훤하게 불 밝혀 손바닥에 잡아놓았었다. 작은 딱딱한 세상을 터치하면 때론 웃으며 상대방과 이야기 나누는 소리가 거실까지 들려와 내 귀에까지 골인하던 손안의 밤도 많았지.

그런가 하면 조용한 흐름이 이어졌던 밤은 무슨 생각에 잠겼을까. 거실로 새어 나왔던 소리의 비밀을 간직하느라 이불 속이나 문자 대화를 하는 중이었을까? 아니면 좋아했던 웹툰 만화를 즐기는 중이었을까? 그것도 아니면 뷰티에 대한 정보를 여러 사이트에서 검색하는 중이었을까?

또 무더운 여름날엔 야금야금 감질나게 갉아갔던 짧은 밤이 손안의 세상으로 가기까지 뒤꽁무니 빠지도록 모기장으로 날렵하게 들었다.

　모기가 따라 들어오면 큰일 나기라도 한 듯, 잡으면 될 모기건만 마음은 괜스레 그러지 못했던, 싱겁게 그랬지. 그러고는 그 좁은 모기장 공간에서 느끼는 새로운 맛에 나올 생각조차 않았다. 한 번 들어간 이상 밖과 안의 색다른 기분에 거북목이 현대인의 병이라고도 하는데 그런 염려의 걱정은 개의치 않던 여름날 딸의 작은 세상 일부분이었다.

　나도 여름날 딸의 작은 세상에 더하기를 해준 모습이 있었다.

　그건 수족냉증 때문에 손발이 얼음장처럼 차서 한여름에도 수면양말을 신고 이불에 앉아 핸드폰을 사용하던 딸에게 다가가 "발 시리지 않아, 이렇게 발이 차서 어쩐대" 하며 겨울 이불로 발을 덮어주던 모습이다. 지금도 여전히 내 딸 방에서 조용하게 미풍도 없이 일어날 풍경들이었으나 온통 슬픔에 찼던 사회적 참사 세월호 사고가 다 삼켜버리고 말았다.

　오직 그날만 피해 갔다면 우리 딸도 터치 촉매의 작용으로 수많은 정보를 훑어내며 빠르게 변화하는 디지털 신문명 세대에 응한 공범자로 지금 내 곁에 있음은 말할 것도 없는데.

　엄마라는 내 눈이 앞이 보이지 않는다 해도 보이는 그림이 있습니다.

　따뜻한 심장을 마지막으로 나와 함께 가슴에 그어댄 작고 예쁜 딸 방은 현관에 들어서면 바로 있습니다.

　옆으로 누운 요에서 체구에 비해 기다란 손가락에 에워싸인 손바닥 핸드폰을 터치 후 내용을 읽으며 위로 밀기를 반복하고 있습니다.

그리운 길은 _____
참으로 모질다

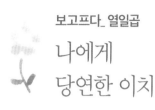

나에게
당연한 이치

부모가 되어 어린 여식과 세상에서 가장 슬픈 이별을 겪고 보니 머릿속은 온통 그리운 여운만 드리워져 채워졌다.

예쁜 딸아이 하나, 엄마 품에서 아름답고 생기 있게 활짝 피우는 단장은 끝나버렸다.

그날이 마지막 단장이 되었고 더 이상은 엄마로서 그 어떤 노력을 가해도 상실된 단장은 원래대로 돌아오지 못하게 되었다.

엄마로서 책임과 의무를 다해야 하는 당연한 이치 단장은, 불가한 이치 단장으로 바뀌어버린 세상에 있다.

대신 내 머릿속은 세상에서 가장 무서운 이겨낼 수 없는 힘 앞에 온몸이 무너진 딸로 채워졌다. 가여운 내 딸이 위급함을 알았을 때 아무도 손 내밀어 주지 않음에 심장이 얼마나 뛰었을까. 그리고 엄습해 오는 무서움에서 마지막이란 걸 알았겠지. 그 작은 가슴 억장이 무너지는…. 이제 끝이란걸.

그날 아비규환 속 어린 딸에게 가 있다.

하루에도 수 십 번 딸아이를 데려온다.

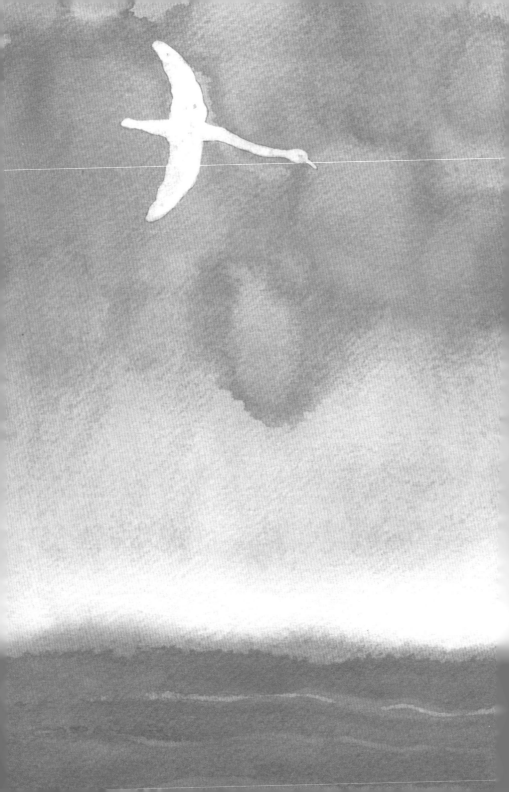

내 손만 뻗어도 금방 안전하게 데려온다. 내가 있는 자리에서 한 보폭도 되지 않고, 그 넓은 바다도 성큼성큼 달음박질하여 위기에 처한 내 딸을 데려온다.

엄마의 세상이 바뀌어버린 당연한 이치 단장은 이렇게 예쁜 딸과 함께 그 날에 멈춰 있는 것과 그리운 마음에 딸 생각으로 가득한 눈물이 많아진 엄마의 세계다.

자식이다 보니 전에 없던 눈물이 하염없이 흐른다. 때와 장소 구분이 필요 없는 그런 눈물이 나에게는 흐른다.

그런 나를 남들은 위로 삼아 '잊고 지내라' 하지만 그리도 쉬운 부모와 자식 인연인가.

누군가가 마음에 자리한 그리운 딸을 떼어 놓으려 갖은 수단을 동원해도 결코 내게서 떼어놓지를 못한다. 또 발아래 혹은 먼 곳으로 떨어뜨린 시선이 무엇을 비추든 그것들은 허에 불과할 뿐 나는 딸 생각에 가 있다.

딸은 마음과 생각처럼 생전에 마주하던 일상의 살아있는 모습으로 내 앞에 나와 주지를 않는다. 그건 절대로 불변하지 않는 법칙이니까.

그 영원불변의 법칙이 엄연한 현실의 이치라는 것을 명백하고 확연하게 알지만, 자식을 곁에 두고 평생을 살고 싶은 간절함, 그 간절함을 보여주고 싶다. 그 '간절함'이라는 세 글자를 마음속으로부터 꺼내어 그대로 읽어 낼 줄 아는 기기가 있다면 다 드러내 보일 수 있다. 기기는 자식을 먼저 보내고 애절한 심정과 보고 싶어서 마를 새 없이 가슴속 펌프질 되어 눈물이 샘솟아 흐르는 그 마음속 심경을 만천하에 읽힐 수가 있는데 말이다.

그렇게 부모와 자식은 혈육으로 맺어진 뗄 내야 뗄 수가 없는 한 몸이기에 딸 생각으로 가득한 것은 당연한 이치다.

나는 걷고자 하지도 않고 있는 그 길을 내 손모가지로 마지막 길까지 온

앞에서 큰딸 붙잡고 울며 "이젠 볼 수가 없어, 혜경이를" 하며 바라만 본 엄마였다.

내 딸이랑 마지막인데 엄마는 아무것도 해줄 수가 없었고 그냥 그 순간에도 내내 숨을 쉬고 있었을 뿐이다. 그런데 사고가 났던 날도 그냥 멍하니 TV만 쳐다보며 아무것도 해주지를 못하고 내내 숨만 쉬고 있었던 엄마였다.

미안하다 딸아.

'엄마는 세상 눈을 감아도 찾아갈 거야, 그건 딸에게 엄마가 해야 할 당연한 이치잖아.'

그리운 길은 _____
참으로 모질다

하루 끝자락에 숨겨진
딸 마음

딸아, 딸아.

더운 날이구나.

여름 식구 태풍도 오고 동반되는 국지성 비도 오고 구질구질하다.

어떻게 지내고 있니.

헤어지고 만나는 것이 사람 사는 세상인데 우린 너무나 주체할 수 없는 헤어짐에 가는 세월과 매년 맞이하는 해*를 숫자로 세는 인사가 되어버렸 구나.

그런 인사를 뒷받침해 주는 하루가 지나간 마지막 흔적 땅거미 무겁게 가라앉는 길에는 그만큼의 길이가 또 늘려졌으나 개의치 않아. 왜냐하면 마음에는 보고픈 딸을 품었기에 새록새록 더 새겨져 오늘을 뭉개 버렸으니 까 또 만남이란 숫자가 가까워지잖아.

엄마가 잘했지.

지금의 하루를 그렇게 깨부수며 발아래 짓누르고 지내고 있지만, 우리 딸이 옆에 있어 주던 하루의 마침표가 있던 날 생각나지. 그 하루는 절대로 발로 짓누르면 안 되는 마침표야.

웃음기 머금은 얼굴로 살며시 다가왔잖아.

거실에서 밥상은커녕 대접에 담긴 밥에 깍두기 국물 넣어 손에 들고 비벼서 저녁 먹는 나에게 말을 건넸지.

"엄마 그게 맛있어?"

"응."

"나는 하나도 맛있어 보이지 않는데, 다른 반찬도 차려 놓고 먹지."

"궁이도 엄마가 되면 알 거야."

"그래도 맛은 없을걸."

퇴근해오면 언제부터인가 신세대 용어로 혼밥을 하게 되었고, 그런저런 이유로 간략한 약식 밥을 먹는 내게 측은지심이 생겼었나 보다. 정작 난 아무렇지도 않았는데. 오히려 후딱 먹고 집안일 하나라도 더할 요령인 셈법을 알 리가 만무하다.

"엄마!"

"응."

"내가 나중에 돈 벌어서 아빠랑 둘이 해외여행 보내줄게."

밥술을 뜨다 말고 말했다.

"해외여행을? 어유! 엄마는 우리 네 식구 다 함께 가는 게 좋은데. 언니가 통역을 잘하지는 않겠지만 어느 정도는 소통이 될 것 같으니까. 영어 과외를 나름 비싸게 배웠으니 써먹어야 하지 않을까? 본전은 건져봐야지."

"아니야. 우리는 앞으로 기회가 많으니까 염려 붙들어 매요. 내가 가이드 붙어서 아빠 엄마 보내 드릴 거야. 둘이서 가면 돼요."

"그래도 언니 실력을 봐야 하는데. 통역이 안 되면 바디랭귀지라도 하겠지. 가이드 비용도 안 들고."

그리운 길은 _____
참으로 모질다

"난 아빠, 엄마만 보내드립니다요. 그리고 우리 엄마 얼굴 주름 마사지로 펴줄게."

"주름을 마사지로 펼 수가 있어?"

"그럼 다 될 수 있지. 조금만 참아. 내가 다 해줄게."

"이젠 다 컸네. 아빠 엄마 생각도 하는 걸 보니."

훌쩍 커버린 마음의 속내를 표면에 띄웠었지.

딸아, 딸아.

그날 엄마는 무척이나 행복했단다. 생각주머니가 그렇게 꽉 찬 줄 몰랐으니까. 대견해서 피곤함도 싹 가시는 하루의 끝자락이었지.

딸은 그렇게 속내를 비춰 엄마에게 뭉클함을 주었는데, 이제 와 생각하는데 엄만 대견하다는 속내를 보여주지 않았던 하루 마침이었구나.

하루를 여는 아침을 눈에 담고, 해 진 뒤 저녁을 풀어놓는 소소한 생활을 이어갔던 날들을 단 한번만이라도 내 딸과 해보는 것이 소원이 되어버렸다.

그리움은
엄마의 종유석 되다

돌아왔어야 할 때를 벗어난 순간부터 내게 드리워진 그늘이 딸에게 강제로 안겨준 그 순간 보다 더 차갑게 그늘졌을까!

엄마가 되어 슬픈 이별 눈물로 치유되지 않는 생채기가 났다고 한들 딸이 머금고 흘려버린 눈물보다 더 고통스럽고 무거울까.

나는 아마도 산사람으로서 엄살을 하고 있는가 보다.

미안해서 때론 스스로 학대해보고 나에게 육두문자도 해보지만 이것 또한 엄살에 지나지 않는다. 난, 나는 살아 숨 쉬고 있잖나. 어떻게든 발아래 땅을 힘껏 짓눌러 지탱하면서 세상 속에 기대어 시야에 펼쳐진 세상사 이치를 듣고 공조하며 보내는 엄마다.

그래서 '미안해 딸. 그래, 다 우리 잘못이지' 한다.

잘못이란 죄의식을 덮기에는 양심이 허락을 주지 않으려 자꾸만 고개를 들어 버린다.

있어야 할 존귀한 생명의 자리엔, 끊어지지 않는 결코 끊이지 않는 내 딸 뒤안길이 골이지는 깊이만큼 눈물 무게가 차갑게 응집하며 동굴 속의 종유

그리운 길은 _____
참으로 모질다

석처럼 자라고 있다.

아침이면 유일한 권한을 선사하여 잠자는 얼굴을 살그머니 만져보게 하던 소유자다.

내 손가락엔 아기 피부 같던 궁이 살결이 고스란히 배어 모정의 문신이 되어버린 촉감이 실감 나게 살아있다.

그때의 아침처럼 지금도 볼살을, 작은 입술을, 손가락을 그리고 손이 가지 않던 뒷머리를 맡겼던 그 머릿결도 만져보게 한다. 사진 속 딸이.

스킨십은 예전처럼 변하지 않고 속속 내 피부에 전율되는데, 사진 속 궁이도 생전에 늘 맞이했던 아침처럼 느꼈으면 하는 속마음에 "알지?"라며 넌지시 던져 봤지.

조석으로 "엄마야" 하며 딸 사진에 전해지는 손길이 무슨 의미가 있겠나 하겠지만 엄마에게 와닿는 그것을 누가 알 리요. 모릅니다. 저만이 오롯이 감지되는 느낌을요. 파고드는 애틋한 순간을 이른 아침밥 앉혀 놓고 매일매일 맞이한 궁이와의 사랑방은, 나 홀로 가만히 쳐다보며 곤히 자던 자락만 붙잡아 봅니다.

이렇듯 종유석이 자랄수록 내 안에선 미치도록 보고픈 딸이 꺼지지 않는 빛으로 투영되어 또 다른 종유석을 자라게 합니다.

엘리베이터 문 닫히면서 초스피드로 뜁니다. 언니랑 등교하는 모습을 보기 위해 앞 베란다 끝 창가에 도착하여, 교문으로 꺾어지는 모습이 보일 때까지 눈을 떼지 못하던 아침과 피아노를 잘 친다고 담임선생님께서 내게 엄지 척 해주셨던 1학년 교실에서의 궁이 모습은, 단지 내 아이들 초등학교 입학하는 날 그리움 새살 돋아나 가슴이 아렸다.

비가 억수로 퍼붓는 날엔 "엄마, 나 교복 다 젖어서 어떻게 해"라는 전화

목소리를, 세찬 빗줄기에서 그 여름날의 기억이 마구 튕겨져 나옵니다. 마구, 마구요.

우리 딸 뷰티학원 재료 FABER-CASTELL 유성 색연필 36색이 주인을 기다리며 맘껏 색칠 조화를 이루지 못하고 있는 유품을 볼 땐, 꿈을 이루는 과정이 스캐너 인식되어 "나! 이제 잘하지" 하며, 쌤이 상대방에게 화장법을 너무 잘 표현했다는 칭찬에 활짝 웃으며 현관에 들어섰던 딸을, 상사병에 걸린 나를 나는 보고 있었다.

한파가 몰아치는 매서운 칼바람 길에서도, 멋쟁이 딸 뒤꽁무니 따라가다 보면 엄동설한 옴짝달싹 기도 펴지 못하게 합니다.
이처럼 내 작은 딸의 짧은 생이 숨 쉬는 내게서 깨어나 그리움이라는 종유석은 끝없이 자라고 있습니다. 엄마라서.

엄마라는 글자가 불에 달구어져 나에게 두 번째 낙인 된 것을 참 행복해했던 시간이다. 반면에 우리 궁이 일생에 아주 짧은 그리 길지 않은 살붙이 만남이어서 죄인이 되었다.
가려진 이놈의 세상이 연극의 마지막 막이라면 좋으련만.
난 딸 바라기 종유석, 천년만년 내게서 자라리. 자란다.
내게 세상이 닫히는 그날 이후에도 영원히.

외마디

일어나 거실로 나와 시계를 보니 4시 43분을 가리키고 있었다.
악몽도 아니었고 그렇다고 나 스스로 내 마음을 달래줄 꿈도 아니다.

꿈속은 아주 평온한 일상 그대로였으며 단지 내가 꾸며보지 않은 베란다 풍경이 있었다. 살면서 가꾸지 않던 식물을 베란다에 온통 싱그러운 녹색으로 가꾸어 놓고 있었다.

큰딸이 "엄마, 이것 봐. 잎가지가 이만큼 자란 거야. 자란 부분이 완전히 틀리잖아" 하며 끝자락 연한 잎을 들어 보이며 가리켰다.

이름도 모르는 식물이 틈새도 보이지 않게 푸르름을 과시하고 담쟁이넝쿨처럼 바닥을 수놓아 초록빛 카펫을 만들어 놓았다. 싱그럽고 생동감 있는 그 초록빛 카펫 한가운데서 큰딸과 이파리를 본 후 눈을 돌려 위를 보았다.

분명 민들레 홀씨는 그곳에 없는데 어찌 된 영문인지 베란다 허공에 둥둥 띄워져 있다. 많지도 않고 두 개가 보였으며 그것을 내가 손으로 잡으려 일어나 휘휘 거릴 때마다 잡히지 않고 손아귀에서 빠져나가 버린다. 연신 휘젓는 손사래 끝에 보인 천장엔 토실토실 살찐 송충이 한 마리가 기어가고 있었다. 남편에게 "송충이야!" 하니 대꾸도 없기에 난 멍하니 굼실굼실 기어가는 통통한 송충이를 바라만 보며 우두커니 앉아 있었다. 그런데 앉은 자리 앞에선 너 댓살 정도의 여아가 내가 하다가 그만둔 민들레 홀씨를 잡으려고 작은 두 손을 허공에 맞잡는 모습이 보인다. 얼굴은 보이지 않으나 뒷모습은 알 듯 말 듯 한 어린아이가 폴짝폴짝 뛰며 민들레 홀씨를 잡고자 두 손바닥을 허공에 대고 맞장구쳤지만 빈손만 맞잡는 모습에 위험하다는 생각이든 순간, "혜경아!" 하고 불렀다. 그것도 아주 큰 소리로.

그 외마디 소리를 지르며 벌떡 일어났다.

그리움에 사무친 내 딸을 부르며 일어나 앉은 내 모습을 잠시 그대로 침대에 앉혀 놓았다. 너무도 생생하다. 외침이.

앉은 자세로 물끄러미 남편을 바라보니 깊은 잠에 몸을 맡겼나 보다. 그렇게 비명소리처럼 질러댄 외침에도 아무런 기척이 없는 걸 보니.

조용히 거실로 나와 소파에 기대어 있는데 잠시 뒤 남편이 화장실 갔다가 들어가며 내 손을 잡고 방으로 갔다. 매번 잠 못 이루는 밤 조용히 거실에 나와 앉은 내 모습을 보았던 남편은 또 그런 줄 아나보다.

손에 이끌려 누워서는 곰곰 생각해 봤다.

뒷모습만 보인, 폴짝폴짝이며 민들레 홀씨를 조그마한 두 손에 잡아넣으려고 내가 하던 행동을 판박이로 재현하는 것을 보는데 밖으로 떨어지겠다 싶은 정점에 미치자 그 순간에 꽂힌 인지는 그리움에 쌓인 예쁜 딸아이 이름이 화살 날아가듯 그리고 비호처럼 서슴없이 터져 나왔던 딱 세 마디 "혜경아!".

그게 전부였다.

그 외마디와 함께 꿈은 끝나버렸다.

그리운 길은 _____
참으로 모질다

절대 잊을 수 없는 자식.

너무 짧은 생을 쥐여준 아리고 아린 내 딸.

하루하루 그 애린 끄나풀을 잡고 있는 심정이 꿈에 선들 다르랴.

바로 그것이라고 혼자 결론을 내린다.

꿈속이란 늘 말이 안 되는 일들이 벌어지는 세상임을 누구나 경험한다.

베란다 풍경도 그랬다. 분명하게 아빠도 큰딸도 함께 있는 시간적 배경이 있는데 모습은 보이지 않았고 나 혼자 남편에게 묻는 대화를 했으며, 큰딸이 자라난 잎을 옆에서 들어 올리며 말을 건네줄 때도 이상하게 얼굴은 안 보였다. 다만 목소리가 큰딸 소리였지.

또한, 너 댓살 아이의 위험한 뒷모습에서 순간 보고픈 혜경이를 보았나 보다. 그렇기에 명확하게 소리 친 딸 이름이 현실 밖으로 튀어나왔지.

나는 가을이 막 시작되려는 초입에 한바탕 요란스러운 태풍과 물 폭탄으로 비유된 비를 주체하지 못하도록 머금었던 땅에서 지금이 아니면 더 이상 꽃피울 기회가 없을 것 같아서일까 뒤늦은 늦깎이마냥 어린 민들레가 띄엄띄엄 노랗게 피고 바람 등에 업히지 못하고 남겨진 엉성한 홀씨 자태를 출근길에서 지나치고 있었다. 그러면서 내 멋대로 상상은 지난밤 꿈속 홀씨가 여기서 흩날려간 일부분?

'딸아, 알지. 민들레 홀씨.'

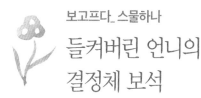

보고프다_스물하나

들켜버린 언니의
결정체 보석

눈물을 감추려고 애를 쓴다. 그런데 이미 눈에서는 그렁그렁 눈물이 매
달려 떨어지기 일보 직전이 되었다.

사랑하는 큰딸의 그리움 너머엔….

현관문을 밀고 들어섰다. 집안에는 환하게 불이 켜져 있었고 "엄마야~"
반기는 소리를 들으며, 서로가 하루를 마치고 집으로 돌아옴을 확인한다.
그 반기는 소리에 오랜만에 둘이서 오붓하게 대화 시간이 시작되었다.

"엄마! 나는 전에도 얘기한 적 있지만 엄마처럼 스물일곱에 시집가야지.
근데 아기 낳을 땐 무서워서 어떻게 낳지? 만약에 내가 시집을 안 가고 혼
자 산다면 엄마는 어떻게 할 거야?"

"엄마는 우리 딸 의견을 존중하지."

"왜?"

"물론 결혼을 해서 아이도 많이 낳고 하면 좋지. 인구절벽이다 출산율 저
하다 하니까. 하지만 요즘 세대들이 여러모로 참 힘들게 살고 있잖아. 그래
서 둘이서만 재미있게 살자는 결혼 관념도 있고 말이야."

"맞아. 엄마 나도 그런 기사 봤어."

"엄마는 괜한 걱정이랄까? 다음 미래세대가 너무 불쌍하고 힘들 것 같아서 미혼이거나 혹은 아이를 낳지 않고 산다고 해도 찬성을 하지. 또 앞으로는 고령화가 더 심각할 것이고, 그러면 미래의 젊은 세대가 고생을 아주 많이 한다는 염려스러운 말과 그런 면면을 표면상 글로 풀어 놓은 지면을 읽다 보면 엄마도 우리 딸 결혼에 대한 인식을 다시 생각해 보는 계기를 갖게 되지. 그런데 사실은 국민이 많아야 나라가 잘 꾸려져 갈 거야. 국민이 세금을 내니까, 그 세금으로 나라 살림을 하는데 갈수록 출산율이 낮아지니 힘들어지는 미래 세대가 보이는 것이지."

"엄마! 우리 놀이터에서 놀던 그 때만 해도 참 아이들이 많았는데 지금은 아예 볼 수가 없는 것 같아. 단지 내 놀이터가 시끌벅적하고 자전거 타는 아이들도 있었고. 나도 자전거 단지 내 주차장에서 배웠잖아."

"정말 많았지."

"근데 엄마는 이런 걱정도 하잖아. 먼 훗날 환경이 오염되어 햇빛에 노출되면 피부가 잘못되고 공기는 물론 마실 물도…. 그 미래에는 엄마가 생존해 있지도 않은데 아무튼 걱정을 하지. 또, 가끔씩 얘기하던 중에 아빠 엄마는 살 만큼 살았다며 우리 딸 미래가 걱정이다 했잖아."

"그러게 쓸데없는 걱정을 늘어놓고 있나 봐. 우리 딸 올해 보내면 벌써 스물다섯이네."

"나도 이제 쉰 살의 반이야."

"에이, 그건 아니다. 이제 20대가 뭔 소리야. 엄마는 20대가 정말 느리게 지나갔다고 생각하는데."

"난, 너무 빨라."

모처럼 곁에서 나누던 대화에 이런 말을 걸었다.

그리운 길은 _____
참으로 모질다

"딸! 혜경이 생각나."

- "생각나겠지."

"혜경이 보고 싶어."

- "보고 싶겠지."

엄마에게 건네는 대답이 다른 사람의 대답을 하는 냥 되돌아오는 단 두 문답을 조금은 이상한 반응을 받은 나는, 고개를 숙이고 있는 큰딸을 향해 비스듬히 고개를 위로 보았다.

큰딸 눈에서 이미 눈물이 그렁그렁 매달려 있었다.

생각나고 보고 싶은 그리움이 방울방울 매달려 떨어지기 일보 직전이다.

"우리 딸 울고 있네."

둘이 울었다.

미안했다. 유독 엄마 앞에서만큼은 아픈 마음 건드리지 않으려 애쓰고 있는 큰딸에게 난 바보짓을 했나 보다. 일부러 속마음 감추려고 대답도 그렇게 한 것 같다. 그래야만 엄마가 울지 않을 거라 믿었으니까. 그런데 자신이 대답하면서 울고 있었으며 그래서 고개도 숙이고 있었던 것이다.

울고 있는 모습을 들켜버리고 둘이서 울다가 "미안해" 하니까, "엄마는 왜 날 울려" 한다.

그리움을 품어 간직하고 있던 응집된 고리 너머를 들켜버린 것이다.

너머에는 여러 형태의 둘만이 다듬어 놓은 결정체 보석이 자리하며 가장 빛나는 동생 이름 '혜경'이 촉촉한 입자로 마르지 않고 두 눈가에서 반짝여 준다.

보석보다 더 빛나는 곁에 두고픈 언니의 동생이 있었다.

여행가기 전날
우리는

"엄마! 나 캐리어 사줘."

"무슨 캐리어. 가방 가지고 안 가?"

"응. 나, 캐리어 사 주지."

"근데 엄마는 한 번 쓰고 별로 쓸 일이 없을 것 같은데"

수학여행 가기 며칠 전 캐리어 사달라는 긍이의 말을 거절했지만 우리 긍이는 더 이상 조르지도 않았고 삐치지도 않았다. 속이 상했을까? 상했을 지도 모른다. 그런데 나는 긍이 마음을 알아차리지 못했다.

아마도 다른 친구들이 캐리어 산다거나 가지고 간다고 하니까 내심 동요 가 일어났나 보다. 엄마가 거절하는 순간부터 캐리어 빌리기에 나섰고 그렇 게 빌린 캐리어에 오밀조밀 깨끗한 봉지에 하나하나 챙겨서 가지런히 꽉 차 게 정리를 하고 있는 중이다.

필요해서는 아니지만 그냥 츄리닝 바지 하나만 사주면 좋겠다고 했다.

아빠는 '무조건 사줘야지' 하며 '몇 시에 만날까?'라고 약속 시간까지 잡았 다. 딸 바보 아빠는 그랬다. 여행에 들뜬 기분을 아니까 그랬겠지만 그보다는 언제나 눈높이를 맞춰 아이들 마음을 읽어줄 줄 아는 부모가 되기 위해 노력했다.

"수학여행 가서 좋겠다. 아빠도 수학여행 가던 학창 때가 있었는데. 야~ 이제는 옛날 이야깃거리가 돼버렸네. 아마도 가장 기억에 남을걸?"

작은 딸 수학여행을 앞두고 자신의 추억이 새삼 떠올랐나 보다.

"아빠도 친구들과 수학여행 재미있게 보내던 학창 시절로 돌아가 보고 싶다. 아빠가 가는 것도 아닌데 왜 들뜰까! 얼른 츄리닝 바지 사러 가자."

서둘러대는 아빠랑 셋이서 종종대며 연도상가에 도착해서는 여기저기 기웃대며 비싸지는 않지만 그래도 맘에 드는 편하게 입고 지낼 수 있는 츄리닝 바지를 사서는 졸래졸래 셋은 집으로 향했다.

"아무래도 길이는 줄여야지. 우린 키가 다 작아서 뭐든 천 조각이 남네."

걸으며 우스갯소리도 던지고 한 번씩 얼굴 보던 그날의 시간은 셋 얼굴에 녹아 쏙 박혀 버렸지. 집안일을 마치고 엄마손표 수선을 시작하며 과자랑 과일을 정말 사지 않아도 되는지 한 번 더 확인하니 "친구들끼리 모아서 준비를 했으니까 걱정하지 않아도 돼요" 한다. 전날도 여행하며 먹을 군것질거리를 얘기했지만 필요 없다고 했었다. 용돈을 받는 세대이다 보니 찰떡궁합 마음 친구끼리 의기투합 비상식량 쟁여 놓았다는 것에, 이제는 준비해 주는 것도 한 걸음 물러서야 하는 위치에 올라가 있는데 부모 눈에는 소풍 가는 어린아이처럼 챙겨야 될 의무감이 자꾸 손짓을 한다.

고개 들어 준비하는 딸 한 번 보고 한 땀 떠 꿰매며 바느질하는 내 앞에 궁이는 캐리어를 놓고는 오며 가며 연신 수학여행 짐을 싸고 있다.

"엄마, 한 번 봐. 이렇게 하면 된 거지."

확인받으려 묻는 소리에 하던 바느질을 내려놓고 캐리어를 다시 눈여겨 보니 꼼꼼하게 잘 넣었다.

"응, 제대로 잘 넣었네. 엄마 손이 정말 필요가 없네요."

잘 정리된 캐리어에 얇은 옷가지 넣는 것을 깜박했는지 추가로 언니 청남방을 넣는다.

"나, 이 옷 가져간다."

자기 방에 누워 있던 큰딸의 볼멘소리가 들려온다.

"야! 너는 주인한테 허락도 없이 가져가니?"

긍이는 옷을 들고 재차 확인한다.

"나, 이 옷 가져가도 되지? 이제 됐지?"

특별하게 화내 듯 토라진 듯 던진 말투도 아니지만 왠지 듣는 사람이 야릇한 감정을 느낄 수도 대수롭지 않게 지나칠 수도 있는 그런 투였다.

이렇게 어우러진 하루를 깁는 소소한 일상의 바느질을 우리는 하고 있었다.

바지를 손수 꿰매는 바느질, 하루를 봉하기 위해 웃어도 보고 필요한 것 없냐고 물어도 봤고 화내며 말하진 않았지만 평상시 톤보다는 조금 무겁게 들렸을 옷에 대한 소유권, 수학여행을 앞두고 들떠있는 마음에서 "엄마 맛있는 초콜릿 사다 줄게, 기다리고 있어" 하던 목소리, 그리고 남편의 "아! 옛날이여 ~" 하며 수학여행 추억 돌아보기 등 여행 가기 전 마지막 하루가 바늘에 콕 찔려 버렸다. 따갑도록 아프게 찔려있다. 그 바늘에 콕 찔려진 들떠 있던 밤 어떻게 곤한 잠을 이뤘을까 생각도 해봤다. 엄마가 수학여행 전날 밤 춤 연습했듯 그런 밤은 아니지만 친구들과 다양한 구상을 짜임새 있게 계획한 것을 골똘히 생각했을 것이고 좋아하는 친구랑 같은 침실을 사용하게 되었으니 날아갈 것 같은 기분이라 뜬 눈으로 새지는 않아도 깊은 잠은 이루지 못했을 것이다.

사랑이 머문 짙은 그리움은 늘 제자리. 짙은 그리움에 후회하는 마음이

한 가지 더 생겨났다. 캐리어에 대한 순간의 내 판단결과는 잘못 된 것이었음을 말이다.

수학여행을 계기로 캐리어를 구입하였다면 대학교 다니는 언니도 친구들과 여행 다닐 때 가지고 갔을 것이며 무더운 여름을 잠깐 피하고자 떠날 휴가에도 한 짐 챙겨 차 트렁크에 옮겼겠지. 그리고 후에 우리 긍이가 대학생이 되어 친구들과 해외여행을 가면 마음에 든 예쁜 색깔의 캐리어를 당당하게 끌며 떠났을 여행길이 되는데, 나는 그런 앞을 내다보는 안목을 전혀 인식하지 못했다. 당장 한 번의 수학여행에 그쳐버린 짧은 사고능력을 사랑하는 딸에게 주지시켜 응당히 받아들여야 하는 일방통행을 강행해 버린 것이다.

내 곁에 없는 어린 딸이 되고서야 그런 생각이 탁 치대고 나온단 말인가. 참 미련한 엄마였다.

딸의
사랑체온을 받고 싶다

사무실에서 종이컵에 따뜻한 물을 따라 들고는 한기가 느껴지는 몸에 두어 모금 마시면서 울어버렸다. 따뜻한 물이 내 몸 속으로 퍼지는데 눈물이 난다. 따뜻한 물을 마시며 따뜻함을 느낄 때 그 순간에도 생각이 나서 흘려버렸다. 눈물을.

두려움과 무서움이 온몸을 엄습해 하얗게 떨고 있을 때 거세게 휘몰아 닥치는 물을 아프도록 항거하며 버티려 얼마나 애를 썼을까!

작고 여린 내 딸에게 차가운 물은 무섭도록 포악하게 덤볐을 것이다. 모든 것이 한순간 부서져 무너지는, 그런 생각조차도 끔찍한 고통의 시련과 애쓰는 시간이 내 뇌리에서 벗어나지 않는다.

항상 나를 매달고 있는 내 시간 속에서 그 아비규환에 나도 처해있는 상상을 전개하며 가만히 눈뜨고 바라만 봤던 그 속을 나는 엄마라는 허울을 뒤집어쓰고 마음속에서 찾아다니며 소리치고 울부짖고 데려오는 염치없는 짓을 한다.

그 짓을 하면서도 난 얼굴 한 번 보고 안겨 보고 싶다. 정말, 실제로 긍이의 따뜻한 체온을 내 살결에 얹어 피부 깊숙이 그 온기 퍼지는 만남을 가져보고 싶은데 헛된 꿈이니, 망상이 지나치다고 생각하겠지. 내 속이 타들어가는 것을 들여다볼 수 없는 뭇사람은 말이다.

하지만 망상이라 비난해도 이루어졌으면 하는 마음에 난 매달려있다. 우리 딸 안아주고, 안겨도 보고, 쓰다듬고…. 참 쉬운 스킨십으로 사랑의 온도를 체크해보는 엄마이고 싶어서.

왜, 전에는 그랬으니까, 그 사랑의 온도가 마음을 푸근하게 했는데….

아침마다 살그머니 내가 그랬지. 우리 긍이 잠든 옆에서 숨소리 듣고 싶어 얼굴 밀착해보고 가슴에 손도 얹어보고 했었는데. 그건 비염이 심해 고른 숨 확인하는 행동이었다고 해야겠지. 꿈틀꿈틀 일어나려 하면 아기 때처럼 두 팔을 위로 쭉 펴주는 기지개를 할라치면 왠지 부자연스럽게 되었어. 아마도 아기가 아니기에 엄마의 두 팔 길이가 청소년으로 성장한 딸보다 짧아서 그랬겠지. 뽀디뽀디도 마찬가지로 역시 아기 때와는 다른 투박스럽다고 해야 할까 좀 엉성해 보이기는 했어. 그래도 긍이는 그대로 받아주었고 엄마는 별것도 아니지만 해주고픈 마음 있는 그대로 자연스럽게 하며 그것도 모자라 엉덩이에 입대고 푸~ 푸~ 거리며 방귀소리 내듯 했지. 아기 때처럼.

피곤해 보이는 학교생활, 아침이라도 조금 개운하게 일어났으면 하는 바람으로 시작된 아기 몸풀기를 엄마가 긍이에게 재현해 보이면서 "아기 때 이렇게 해준 운동인데 기억을 할까?" 하면 어떤 날은 눈도 제대로 뜨지 않고 피곤한 기색 역력한 모습으로 대꾸도 안 했고, 어떤 날은 그저 피식 웃음을 머금기도 했지.

아! 지금 이 순간에도 생생해. 생생함에 미치겠다.

그런 아침 풍경들을 고등학생이 되었는데도 싫어하지 않고 엄마에게 피부에 닿는 느낌으로 전해지는 사람의 정과 마음, 그리고 감정을 따뜻하게 풀어놓았던 그 때로 돌아가고프다. 그런 지난날이 자꾸자꾸 후비며 파고든다. 엄마에게로.

후벼 파고드는 궁이와 엄마의 그 아침은 매번 새벽에 일어나 방문을 나서며 제일 먼저 눈에 닿는 빈 방을 물끄러미 바라보면서 시작된다. 방바닥엔 이부자리가 펴져 있고 곤히 잠들어 조금 지나면 일어날 모양으로 뒤척이던 일련의 순서들이 주마등처럼 인다. 그렇게 또 둘만의 아침은 여전히 지금도 엄마라는 눈에 불을 켜며 하루의 시작을 보고 있다.

내 몸속에 퍼지는 따뜻한 물이 한기를 가시며 주는 감정은, 세상과 떨어진 그리운 딸이 생전에 내 손바닥 가득 사랑의 온도를 달궈놔 아침에 흐뭇해하는 내 마음, 그 어떤 값으로 매기지 못하는 따뜻한 사랑을 주입해 주는 것과 같다고 생각한다.

난 지난 일들을 하나하나 곱게 붙잡아 놓는다. 모든 것이 제자리로 가기를 원하지만, 그 또한 이루지 못할 소원임에 부질없는 생각이라 하겠지만, 그런 심정을 중추로 잡아 세워 소중하게 간직하고 싶다.

원래대로 가면 메마른 이 감정에…
오겠지.

그리운 길은
참으로 모질다

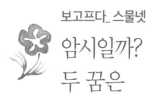

암시일까?
두 꿈은

아빠와 큰딸의 꿈 해후.

새벽에 남편이 나를 깨우며 말한다.

"방금 꿈에서 혜경이를 봤는데, 내가 많이 울었어."

어지간해서는 깨우지 않는데 얼마나 울었으면 깨울까 싶었다.

어린아이처럼 한없이 약해져서 나를 꼭 잡는다.

나는 물었다.

"꿈에서 울음이 자고 있던 현실에서 느껴질 정도로 울어서 깬 거야?"

그건 아니라고 한다.

조용한 새벽의 정적이 머문 적막에 소침하게 공기를 가라앉히는 숨소리만 이어졌다. 두 손을 꼭 맞잡은 채 있었지만 남편의 꼭 잡는 감촉이 측은했다.

그 꿈 이야기를 모두가 모인 늦은 시간 깊어가는 밤을 잡아놓고 조용히 풀어놓았다.

"새벽에 꿈을 잠깐 꾸었는데 혜경이가 보였어. 근데 그대로야. 머리를 뒤로 묶었어. 위에는 청재킷을 입었는데 혜경이 방 옷걸이에 걸려 있는 그 청재킷 말이야. 바지도 청바지 입고 있었어. 아빠가 보고 싶다고 하는 거야. 그 말을 들으면서 나도 보고 싶다며 울었어."

듣고 있던 나는 울컥해지는 감정으로 "혜경이도 아빠가 보고 싶을 거야. 보이진 않지만 우리랑 같지 않을까?" 하며 서슴없이 토해버렸다.

옆에서 듣던 큰 딸도 아빠도 동시에 "혜경이 생일이 다가오니까 꿈에 보였나 봐" 한다.

아빠의 꿈이 며칠 지난 후 큰 딸이 말했다.

"엄마, 정말 혜경이 생일이 다가와서 그런가. 나도 꿈에 혜경이 봤어."

"그래, 무슨 꿈인데. 혜경이한테 잘해줬지?"

"엄마는 맨날 잘해주라고 하는데 꿈이 내 맘대로 되는 게 아니잖아."

"그래도 잘해줘."

"예전처럼 혜경이가 꿈에 잘 나오지는 않는데 항상 고등학생 그 모습으로 있어."

꿈에서도 둘이 평소처럼 자연스러운 행동을 하곤 한다며 꿈에서 동생과 자신과 남자 친구랑 셋이서 여행을 갔다고 한다.

거기가 어딘지는 모르는데 여행지에서 동생과 둘이 잠을 자야 하기에 이불을 가지러 가다가 깼다고 한다.

보여 지는 흐름은 변화무쌍하게 일탈하며 앞만 보고 개진하고 있지만 그 속에서 정지된 날을 온몸으로 잡아 붙들고 있는 가족들은 어느 하나라도 소중하게 마음 쓰이는 애틋한 손길을 맞잡고 있다.

억지로 잊으려야 잊을 수가 없는 남아있는 셋의 소중한 혜경이. 스물두 해가 넘어가는 2018년 12월 5일은 생일이다.

그리운 길은 _____
참으로 모질다

어린 딸이 홀로 떨어져 있다. 여기, 이곳에 없는.

아빠가 보고 싶다며 딸은 울었다.

딸이 보고 싶다며 아빠도 울었다.

비록 꿈이지만 예전 생시처럼 그 감정 그대로 딸도 아빠도 만났다.

그러나 가슴을 파고 든, 그렇게 보고 싶던 딸을 무정하게 또 떼어놓고 아빠는 혼자 오고 말았다.

우리 착한 딸 "아빠, 먼저 가있어. 알았지." 그리고 헤어졌을까?

멋진 청스타일 쫙 빼입고 생일날 이곳으로 여행을 오니까 넷이 보고 싶었던 회포를 마음껏 풀며 생일파티 해보자고 아빠, 언니의 꿈에 나온 것 같다.

그 암시처럼 제발 생일에 함께 하기를 빈다.

그리운 길은
참으로 모질다

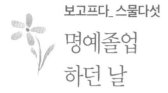

명예졸업
하던 날

딸 재킷에 잠시 머문 아침

누구에게나 학창 시절의 졸업은 빛나는 졸업장을 가슴에 안고.

그러나 오늘 2019년 2월 12일 화요일 10시~12시.

단원고등학교 4층 단원관에서는 명예졸업식이 있다.

"엄마, 이따가 학교에서 만나"라며 들떠 있던 중학교 졸업식, 날씨가 따뜻하다며 얇은 티에 패딩 조끼 입고는 "엄마 나 오늘 학교 안 가도 된다. 언니 졸업식에 간다고 선생님께 말했거든"이라며 엄마를 재촉하던 언니의 졸업식, 그리고 이제는 네가 없는 너의 졸업식이다.

뒤척이며 잠을 이루지 못하는 밤을 보냈다.

학교로 출발하기에 앞서 예쁜 딸 방에서 내가 제일 먼저 했던 행동은 교복 재킷을 입어봤지. 수많은 손길의 옷매무새 단장에 예쁘게 입혀지던 그 시간들을 고스란히 의자에 걸어 남겨놓고 햇수로 6년. 우리 딸이 입었던 것처럼 엄마가 그 재킷을 입고는 남편에게 "어때, 나한테 맞지" 하며 선보였다.

남편은 "맞기는" 하며 면박은 아니지만 내 질문이 영 아니었나 보다. 그렇게 처음으로 입어보는 딸의 교복 재킷이다. 매일 재킷에 가던 손으로 다시 재킷을 만져본다.

아침마다 가슴앓이 그리움에 재킷을 토닥여 줄 때는 '혜경아, 엄마야' 한다. 재킷 옷깃에 코를 대며 숨을 흠뻑 들이켜 한참을 있을 땐 혜경이 체취에 엄마가 머무는 순간이며, 재킷 능선 따라가던 손길 팔소매 끝자락에 머문 기억은 "엄마, 여기 꿰매야 해"라는 혜경이 말처럼 아직도 박음질 실이 뜯어져 그대로 '여기 꿰매야 해'라던 시간에 고정되어 있다. 의자에 걸친 재킷을 뒤에서 감싸 안으며 있자면 엄마가 생각나는 기억으로 돌아가 그때가 연상되는 고리를 풀어헤치고 있다.

그때 그랬지.

엄마 등을 두 팔로 감싸며 기댔을 적 옆으로 흔들흔들 움직이며 엄마가 좋아 물었더니 "그럼 우리 엄마인데 좋지"하던 내 딸. 이제 혜경이가 미소를 머금고 있는 책상 의자 뒤에서 가끔씩 교복 재킷에 다가가 혜경이 등이라 여기며 엄마도 "우리 딸 사랑해. 아주 많이 보고프다"라며 모정을 전해본다.

그 재킷에 고등학생 시절의 신분과 추억이, 그리고 내 딸의 향기가 깊이 박혀 그대로 살아 있다. 그러기에 세탁을 하려는 생각도 갖지 않았다. 재킷에 묻어 있는 먼지를 털어내려고 툭툭 혹은 슥슥 쓰다듬던 어린 딸의 열 손가락 지문이 있을 것이며, 엄마 코를 자극하던 그 향수 냄새는 사라져 없지만 재킷 어딘가에 보이지는 않지만 향수가 뿌려졌던 흔적이 남겨져 있을 것이며, 주머니 속에는 동전 몇 닢을 넣었다 꺼내느라 공기 중 떠다니던 먼지가 손과 함께 주머니 속으로 들어가 꼭꼭 숨어있을 것이다.

흔적이 잔재殘在해 있는 혜경이가 입었던 재킷을 벗어 의자에 걸어 놓으며

그리운 길은 _____
참으로 모질다

토닥토닥 하고는 '졸업식에 가자' 하고 집을 나섰다.

허무한 날

살아온 밑밑 인생에서 자식을 죽음이라는 길로 보내 놓고 5년이라는 시간은 낮과 밤을 거르는 법 없이 지속적으로 끊임없이 가, 어린 딸에게 졸업이라는 무의미한 결과물을 안았다.

단원관으로 가기에 앞서 노란 고래의 꿈 조형물로 발길을 옮겼다. 벚꽃이 만발한 벚나무 앞에서 친구들과 사진을 찍으며 우정을 활짝 피우던, 교정이 내려다보이는 공간에 세월호 참사로 희생된 학생과 교사 261명을 추모하는 조형물은 희생자들을 등에 지고 수면 위로 승천하는 고래 모습이다. 언제나 다가가고픈 심정으로 사랑하는 딸의 이름에 아빠, 엄마 손을 대본다.

단원관에 도착하여 오늘 주인공인 가슴에 묻은 딸이 앉아야 할 의자를 찾아 사진에 담아놓았다. 예정대로 수학여행에서 돌아왔다면 2016년 졸업식에는 언니의 고등학교 졸업식처럼 졸업식다운 사진들을 함께 찍었을 것이다.

의자에는 졸업장과 졸업앨범이 노란 보자기에 싸여 놓여있었고 매듭지어진 정중앙 고리에 명찰이 걸려 있고 옆에는 꽃다발이 놓였다. 그리고 의자 등받이와 뒤편에는 2학년 2반(3학년 14반) 이혜경이라고 이름이 붙여져 있었지.

자리에 착석해 달라는 안내에 오늘 내 분신인 딸이 앉아야 할 의자에 엄마가 대신 앉으며 쏟아지는 눈물을 걷잡을 길 없음은 잊지 못하는 자식에 마음이 가 있음이라 숙인 머리를 들어 올리지 못했다. 딸 대신 엄마 무릎에

는 노란 보자기와 꽃다발이 소중하게 안겼다. 꽃다발을 들 땐 혜경이 중학교 졸업식에 사탕 꽃다발을 만들어 갔던 일이 떠올랐지. 꽃이란 본디 꺾이지 않고 그 자리에 있는 자체가 더 예쁘지만 꺾어 포장된 순간에는 생명력이 오래가지 못하고 버려야 하는 쓰레기로 전락을 해서 나름 이색적이고 실용적인 꽃다발을 선물해보기로 하고 아빠와 함께 두 딸이 좋아하는 캐러멜과 사탕으로 근사한 꽃다발을 만들어 큰딸과 함께 "졸업 축하해 딸" 하고 안겨주니 환하게 웃으며 받았지. 어느 누구도 딸처럼 만든 꽃다발을 안고 있는 친구들은 없었어. 나중에는 우리 가족 넷의 달콤한 간식거리로 한 개씩 먹는 즐거움이 되었지.

꽃다발과 노란 보자기에 싸여 매듭지어진 정중앙 고리에 걸린 명찰 사진을 울면서 어루만졌다. 의자에 앉는 그 순간부터 사진을 어루만지는 내 손길을 도저히 멈추기 어려웠다. 아니 떼어 놓지를 못했다.

잊지 않고 기억하겠다며 꽃처럼 예쁜 250 넋의 이름을 한 명 한 명 부를 때 울면서 속으로 외쳤다.

'누가 우리 혜경이를 어느 지역에서 보았다고 소리쳐주세요.'

유은혜 사회부총리 겸 교육부 장관님. 아직 우리가 해결해야 할 많은 일들이 남아있는 거 잘 알고 있다며 부총리로서 장관으로서 할 수 있는 역할에 최선 다하겠다 하실 때 울면서 속으로 되뇌었어요.

꼭 그 말씀 지켜달라고, 허투루 하는 말씀이 아니길 바란다고, 진정한 엄마 입장에서 하신 말씀이시길 바라고 바란다고 되뇌었습니다.

이재정 경기도교육감님. 5년이 지났지만 250명의 학생들 그 한 분 한 분 모두가 우리에게 소중하고 아까운 이름으로 경기교육에 남아 있다고, 경기교육이 살아있는 한 꽃다운 천 개의 별이 된 아이들의 꿈과 희망을 잊지 않고 이어가도록 하겠다고 말했습니다.

나는 내 딸 사진을 어루만지며 울면서 속으로 외칩니다.

교육정책의 어른으로서 약속입니다. 제발 약속을 지켜주세요.

눈물이 멈추지 않았다.

미안한 마음에 떳떳하게 고개를 들 수가 없었다. 졸업식이 끝나 자리를 일어서는 그때서야 비로소 숙였던 고개를 들었다.

그리곤 '보고 있겠지?' 라는 물음을 또 던졌다. 내 입에서 그 말을 뱉어낼 때가 많다. 아주 많다. 그것이 사실이 아니어도 살아가는 내 곁에는 우리가 볼 수가 없는 것도 있지 않을까 하는 마음의 세상이 있기 때문이다.

딸 앞에서 "이제야 졸업을 했어. 한 번 봐봐. 근데 명예 졸업장이야" 하며 졸업장을 읽었다. 읽으려고 했던 생각이 있었던 것은 아닌데 졸업장을 펴 놓는 순간 무의식적으로 나도 모르게 읽어 내려갔다. 내 딸 이름 석 자 앞에 보인 졸업. 이날 단원고등학교 9회 졸업식에는 250명의 명예 졸업생에게 명예 졸업장과 졸업앨범 수여되었지만 당사자는 참석도 수여도 할 수 없었다. 그렇기에 아름다운 넋들의 가장 슬픈 졸업식이었고 주인공이 없었으니 허무한 날이었다.

그리운 길은 _____
참으로 모질다

하고 싶은 꿈을 위해
기울인 노력

솔직히 말하자면 고1 때부터 뷰티 미용학원을 다녔어야 했는데 너무 늦은 출발 시점이었다. 늦은 출발로 고생하는 긍이에게 난 애를 먹였다.

긍이가 고1 겨울방학 때 이불 속에서 자는 모습만 보고 출근을 했었는데 본인은 나름대로 여러 곳의 뷰티 미용학원을 알아본 모양이다.

첫 번째로 학원 등록 얘기를 했을 때는 너무 비싸다는 이유로 일방적으로 퇴짜를 놓았다.

"그럼, 엄마. 내가 다시 한번 알아볼게."

추위가 만연한 1월 혼자서 찬바람 스며드는 옷가지를 여미고 중앙동 미용학원을 물색하며 다녔던 모양이다.

지금 우리 딸이 없는 빈자리에서 나는 많은 걸 후회하고 있다.

'엄마랑 같이 다니며 알아봤으면 참 좋았을걸.'

난 학원비만 입금해 주면 그만이라는 생각을 가졌던 무책임한 엄마라는 것에 미안한 마음만 남았다.

며칠이 지나고 긍이는 두 번째로 학원 등록 얘기를 전화로 했다.

"엄마, 내가 다른데 알아봤어. 여기는 지난번 거기보단 조금 싸."

"싼지 비싼지 네가 어떻게 알아."

"아니야, 엄마. 내가 거의 다 알아봤는데 여기가 제일 싼대야."

퇴근하고 아예 중앙동 어디쯤에 있는 미용학원으로 오라며 결심에 찬 목소리를 전하고는 '이따가 만나' 하면서 전화를 끊었다.

중앙동 역 가는 전철 안에서 내 셈법은 한꺼번에 입금을 해줘야 하는 부분에 신경이 온통 다 가 있었다.

사실 긍이에게는 언니의 대학생활이 시작되면 과외비가 안 들어가니 고등학교 1학년 동안은 미용학원을 양보하면 좋겠다고 말했었다. 흔쾌하게 아무런 토 달지 않고 '알았어' 시원스럽게 대답해 준 착한 딸이었다.

그런데 나는 전철 안에서 치사하게 셈법을 하고 있었다. 약속 장소인 학원 입구에 도착하니 나를 기다리고 있는 긍이가 손짓을 한다. 함께 상담실로 들어갔으나 이미 사전답사를 마친 긍이와는 반대로 나만 질문 공세를 하였다. 운영자 측은 자신들이 가장 좋은 곳이라 홍보하기 마련이다. 달리 타 학원과 비교할 자료도 없는 상태였고 뷰티 교육의 상식도 전반적으로 문외한 이다 보니 끌려가는 입장이다.

그렇게 일시불로 첫 수강 등록을 하고 나오며 활짝 웃는 얼굴로 긍이가 말했다.

"엄마, 돈 아까워?"

나는 완전히 속마음을 들킨 거다.

"아니 그게 아니고 한꺼번에 돈이 많이 드니까."

"에이, 처음이라 그래. 엄마, 나 열심히 할게."

긍이는 사랑스럽게 팔짱을 껴주었다. 서로 팔짱 끼고 버스 정류장으로 발길을 옮겼다. 정류장에 도착한 긍이는 수강 등록이 너무 좋은 나머지 갑

그리운 길은 _____
참으로 모질다

자기 이렇게 말을 한다.

"엄마, 내가 버스비 내줄게."

얼마나 좋았으면 그 순간에 그런 말을 했을까 싶다. 날아갈 것 같은 심정이라 해도 과언이 아니겠지. 당연히 뒷받침할 의무가 있는데 요리조리 재보며 결정했던 어른의 더러운 사고가 순진한 내 딸을 얼마나 애먹였으면 그랬을까.

뷰티라는 자신만의 적성을 찾아 방향키를 잡고 능력을 발휘해 보겠다던 확고한 의지의 긍이. 이제 궤도에 진입하여 자신이 그토록 노력을 기울이며 하고 싶은 꿈을 손에 잡았는데.

미안하다. 내 딸 긍아.

배냇저고리
두 벌

옷장 속에 두 딸의 흔적 고리가 있다.

흔적의 한 고리는, 두 딸들의 아기 냄새가 있던 전유물로 하나씩 물려주려고 남겼다. 딸들의 아기 때 모습이 잔재한 입증으로 나중에 엄마가 되었을 때 자신들이 입었던 그 배냇저고리와 아기 육아에 접어들어 사 입히는 배냇저고리를 사이에 두고 '어?' 하며 세대와 세대의 흔적을 펼쳐놓고 감회의 웃음을 속삭이기를, 그래서 너도 나도 다 이 안에서 바지락 거리고 꼼지락거린 공감대를 만끽하는 찰나의 행복을 선물로 안겨주고 싶어서다.

태어나 처음으로 아기 살갗에 닿은 배냇저고리다.

긍이는 그 배냇저고리를 언니가 입고 난 후에 물려받아 입었다. 침을 유난히도 흘려 앞부분이 누렇게 변색된 한 벌은 분홍색 실로 토끼를 수놓았고 다른 한 벌은 분홍색, 노란색, 보라색, 그리고 파란 하늘색에 가까운 색 실로 벌이 수놓아졌다.

긍이가 마지막으로 입고 세탁해 놓은 후 한 번도 꺼내지 않았던 옷.

2014년 4월 16일, 수학여행 중 이별. 슬픔이 응집되어 자리해버린 그리움

그리운 길은 _____
참으로 모질다

의 터널에서 어느 순간 나도 모르게 옷장 깊숙이 끌려갔다. 스스로 내 몸이 끌려간 17년이란 세월의 무게가 앉은 배냇저고리는 까맣게 잊고 있던 신생아 모습을 새삼 떠오르게 했다.

살며시 손에 얹어 만지니 눈물이 자꾸 앞을 가린다. 배냇저고리 때문에 눈물로 시야가 흐렸지만 난 많은 것을 끌어낼 수 있었다. 아니, 다시 그때로 돌아가고 있었다. 이제 막 태어난 아기가 내게 안겨지던 순간으로.

아기가 깜짝깜짝 놀란다. 모로 반사 현상에 산후조리해주시던 우리 엄마는 배냇저고리 입은 귱이를 속싸개로 감싸 가슴에 수건을 얹거나 아니면 옆으로 뉘어 재우며 "아가야, 놀래지 마라. 투덕투덕 건강하게 잘 자라라" 하셨다. 그리고 아기보다 배냇저고리가 크다 보니 의사선생님 같다며 훌륭하게 자라길 바라는 할머니의 진심 어린 장면도 보인다.

배냇저고리 입은 아기는 그새 새근새근 잠이 들었다. 그 모습을 보고 있자니 엄마 마음은 송두리째 빼앗겨 아기 마음에 앉혔다. 세상 그 무엇과도 비교될 수 없는 내 눈에 꽉 들어찬 예쁜 아기, 말갛고 투명한 입술이 앙증스럽다. 손가락을 톡 대기라도 하면 터질 것 같은 입술을 살그머니 만지지도 못하고 있던 그때, 아기는 웃었다.

배냇짓 하고 있대요.

엄마 속을 금방 들키게 한 행동이 미안했을까? 아기는 새근새근 잠자며 또 웃는다. 아기에게 나도 웃어주었다.

어떻게 안아야 불편하지 않을까? 너무 작은 아기라 안절부절 했던 순간이 눈앞에 펼쳐졌다. 앞에 놓인 배냇저고리 위에 손을 쫙 펴 재어보니 한 뼘하고 반 정도 되지 않음에 '요렇게 작았구나!' 하는 소리가 입에서 새삼스럽게 새어 나왔다.

내 손에 만져지고 보여 지던 아기 때로 가고 싶다.

아가야, 아가야 새근새근 배냇짓하며 잘 자고 있구나.

엄마 품에서도 새근새근.

혼적이 진하게 배어있는 신생아 배냇저고리를 얼굴에 대보며 신생아였던 딸의 냄새 맡는다. 분과 젖 냄새, 분유냄새가 그대로 소환되어 코를 자극하고 누렇게 새겨진 자국에서는 침을 흥건히 흘리던 아기가 환한 웃음을 지었다. 내 열손가락이 조심스럽게 바삐 움직이며 하루가 시작되었는데, 지금은 죄 많은 엄마 모습으로 미안한 마음과 애통한 가슴앓이가 새겨지는 그런 하루가 시작된다.

내 딸은 기억이란 그물을 풀어 엄마에게로 와 배냇저고리를 손으로 만져보게 합니다.

그리운 길은 _____
참으로 모질다

엄마 등 어부바,
어부바

혼자 있는 시간이면 거실을 서성대다 가끔 의도치 않게 두 손을 허리 뒤로 가져가 맞잡는 경우가 있다. 그럴 때면 문득 긍이를 업어 주던 시간들의 흔적이 그대로 느껴지며 발걸음도 왠지 그때 그 걸음인 것 같고 생각은 그 시절로 몰입된다. 자꾸자꾸 거꾸로 되돌아간다.

목을 가누기 시작할 무렵 조심조심 등에 업고 포대기로 질끈 동여매면 내 몸에 딱 맞는 옷처럼 착 감기듯 하나가 된 긍이와 엄마. 엄마 등은 아기와 동행을 위한 최고의 안전 수단이다.

일을 하다가도 등에 업힌 아기를 살펴보려 좌로 또는 우로 길게 고개를 빼고 뒤를 보면 1997년 12월 생 아가는 피곤한지 어느새 새근새근 단잠에 빠져있었다. 그 단잠 깨울까 싶어 걸음도 조심스레 옮기고 방바닥 물건도 굽혀 짚기 조심스럽다. 그래서 세상 가장 편안한 어부바 등은 꿀잠을 자게도 하고 개운하게 일어나 놀기도 좋은 아기침대였다.

그러던 겨울 어느 날 긍이는 감기에 심하게 걸렸다.

열은 내렸지만 기침도 심하고 코도 막혀 편한 잠을 이루지 못하고 있었다. 나름의 가습 효과를 위해 빨랫줄에 손빨래 한 아기 옷도 널었지만 기대에는 못 미쳤다. 다른 증상은 그렇다 치더라도 코 막힘에 힘들어해 무척 안쓰러워 애가 타던 밤이었다.

'긍이 아픈 거 엄마한테 다 와라. 아픈 거 다 오너라.'

대신해서 아팠으면 하는 마음과 속 타는 심정을 어디라도 쏟아 놓고 싶었던 그 밤. 난 색다른 이부자리를 만들어 보기로 했다. 별것 아니지만 내 상식으로 생각해 봤을 때 코가 막혀 똑바로 누워 자는 것이 불편해 보였기에 베개를 완만하게 높여 목이 아프지 않게 눕혀도 보고, 이불을 상체 부분은 두툼하게 그리고 완만한 경사로 만들어 눕혀도 보았다. 그러나 왠지 불편할 것 같은 마음에 다시 이내 업고 말았지.

거실로 나와 어두컴컴한 창밖 대로에 간혹 지나는 차를 보면서 왔다 갔다 하다가 밤새도록 이렇게 있기도 힘들 것 같다는 생각이 들어 식탁의자를 방으로 가져가서는 의자에 두 팔을 괴어 엎드린 자세로 잠은 아니지만 눕고 싶었던 마음을 이기적으로 취했다. 이 자세가 등에 업힌 딸에게 최대한 불편하지 않을 것 같고 숨쉬기에도 편할 것 같다는 마음으로 의자에 엎드렸던 나름의 방도가 담긴 어부바를 위한 자세였다.

포대기로 둘러진 엄마 등에서 아가는 앞가슴을 밀착하고 엄마가 숨 쉴 때마다 전해지는 숨 소리와 그 진동이 태어나기 전 엄마 뱃속에서 하루도 거르지 않고 느껴졌던 리듬임을 알아차리고는, '울 엄마다 울 엄마'하며 스르르 단잠에 빠졌지.

깊은 잠에 빠져 고개가 스르르 옆으로 쓰러지면 하던 일을 멈추고 살그머니 이부자리에 눕히지만 어쩌면 그리도 엄마 등이 아니란 걸 알아차리는지 울음을 터트렸고 난 어쩔 수 없이 다시 업으며 '이부자리에 누워야 편하지. 그래야 엄마도 하던 일 쉽게 하고, 엄마는 아무 데도 안 가는데 엄마만 밝히고'라며 혼잣말을 쑥덕였어. 작은 등이 그렇게 편하고 좋았을까, 아껴 둔 잠까지 데려온 듯했어.

나는 세상을 얼마만큼 더부살이해야 보고 싶은 궁이를 업어 볼 수가 있을까.
그런 세상이 꼭 왔으면 좋겠다.

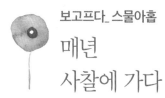

매년
사찰에 가다

우리 예쁜 딸 있는 세상은 따뜻하고 편안하고 아름다운, 그런 좋은 세상
이기를 바라는 마음에.

아빠와 언니, 그리고 엄마가 사랑하는 긍이 이름을 불러도 대답이 들리
지 않는 이별이라는 아주 낯선 단어로부터 시작 된 해를 보내고 나서 사찰
을 생각하게 되었는데, 부모로서 조금이나마 딸이 편안하게 있기를 바라는
마음의 보루기에 매년 경기도 소재 사찰에 영가등을 달고 찾아간다.

다섯 해를 맞이했지만 주기적으로 사찰을 찾아가지는 않고 부처님 오신
날 전후로 찾아가고 있을 뿐이다. 그건 부처님오신 날 당일은 많은 사람들
이 오시기 때문에 주차도 불편하고 조용하게 마주하는 분위기를 갖지 못해
서 그렇다. 그날도 사찰을 찾아가는 한적한 좁은 길엔 우리 차 한 대만 올
라가고 있었다. 도착해 차에서 내리는 순간 멀리서 들려오는 불경소리가 참
좋았다. 차분해진 마음으로 시주함으로 가 성의를 표하고 법당 안으로 들
어가 딸의 영가등을 찾았다. 그리고 두 손 공손히 잡고 남편과 동작에 어긋
남 없이 정성스럽게 절을 올린다.

작지만 그런 정성 덕분일까, 불자도 아닌 내게 그것도 일 년에 한 번 갈 뿐인데 우연찮은 행운이랄까 그런 뜻하지 않은 기회가 생기기도 했다.

아침 일찍 조용한 법당에 들어서 시주함에 성의를 표하고 절을 하려는데 관계자분이 들어오셨다.

"저보다도 일찍 오셨네요. 이리 오세요. 여기에 촛불을 제일 먼저 밝히면 좋습니다."

난 아무 말 없이 권하는 대로 촛불을 밝히고 정성스럽게 절을 올렸다. 아마도 미흡하지만 나의 정성이 가엾은 딸을 생각하며 부처님께 빌어 보라는 아주 특별한 기회로 와주었다고 본다. 그날 사찰을 나서는 발걸음은 가볍고 마음은 평온했으며 무언가 제대로 공을 들인 기분이 들었다.

생때같은 자식을 잃은 뒤 나도 사람인지라 어딘가 기대고 싶은 마음에 매일 부처님께 의지하여 마음으로 빌고 있다. '부처님 이 미천한 저에게 사랑하는 예쁜 딸 궁이가 있습니다. 하지만 지금은 제 곁에서 보살펴주지 못하고 있습니다. 자비로우신 부처님 안에서 엄마 품처럼 따뜻하게 감싸주세요. 제가 가는 그날까지만 부탁드립니다'라고.

어린 딸이 홀로 무서웠던 마음과 형언할 수 없는 고통을 감내하려 용을 쓰던 그 시간에 그냥 가만히 있을 뿐 아무것도 하지 못했던 부모다. 그래서 죄인이다. 죄지은 세상을 살지만 또 다른 마음 한켠에선 내 딸이 좋은 곳에서 잘 있기를 소원하며 두 손 합장하고 부처님 전에 빌어보는 시간을 가진다.

내 비록 불자는 아니지만 부모 된 마음으로 빌어본다.

법당에서 초와 내 마음 심지에 밝힌 불이 부디 딸에게 가는 따뜻한 길이 되었으면 하고 말이다.

112

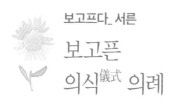

보고픈
의식儀式 의례

기억이란 녀석은 나에게 맘껏 보라는 듯 딸내미 모습과 목소리, 그리고 우리들의 이야기를 펼쳐놓지.

그 순간처럼.

내 인생 두 번째 보물로 찾아와 '엄마~'하며 행복을 두 배로 안겨준 내 분신 같은 딸. 하지만 청천벽력 같은 일로 볼 수도 들을 수도 없는 세상에 영영 내몰았고 하루하루 주저앉은 마음 되어 아침, 저녁 어린 딸과 사진으로나마 만나는 엄마가 되어 있다.

나는 예쁜 딸이 V자 하고 있는 손을 시작으로 하나하나 천천히 내 손가락을 대어 따라가며 생생함을 느끼고 손바닥을 펴 맞대 잠시 있어준다. 그리고 머리를 쓰다듬어 주면 고데기로 뒷머리를 밖으로 말아달라고 했던 그때처럼 머리카락 부드러운 결이 전해져온다. 두 볼을 만지며 '혜경아, 미안해, 미안하다' 복받치는 설움에 잠시 머뭇거리다 아기 피부처럼 연약한 말랑말랑 감촉이 내 손가락에 입혀져 사진 속에 쏙 들어갈 것만 같다.

이렇게 손가락으로 얼굴선 따라 그리다 아빠를 닮은 오뚝한 코를 만지며

"얼굴 중앙에 위치한 콧대가 멋지게 서서 얼마나 좋아. 얼굴 윤곽을 잘 잡아줬으니. 엄마 코 좀 봐, 콧대가 서고 안 서고 차이를"이라며 말하던 엄마를 기억할까 싶었지만 우린 서로 가만히 보기만 할 뿐이다.

이쁜 입술 라인을 가진 딸이 '엄마! 쿠션 틴트 자넷 어때, 예쁘게 발라졌지. 내가 엄마도 똑같은 거 줬는데'라며 말을 걸어올 것 같은데, 그렇게 웃는 입술을 다 그리고 내 입에 집게손가락을 대며 입맞춤을 한다.

갸름한 턱을 만지고 있자니 어느 날 느닷없이 "엄마! 나 턱이 너무 작은가" 하기에 "아니야, 계란형이야, 계란형이 미인이지. 누가 뭐래?"라며 주고받았던 기억이….

가만히 손을 떼어 두 손을 포개 얼굴에 괴고 딸을 바라봤다.

"아유, 내 새끼…."

가슴속 소리가 또 뭉클해지고 있다.

괴었던 손은 다시 넥타이를 맨 와이셔츠의 구김살 없이 매끄러지는 결을 느끼고 있었다. '재킷을 곁에 입는 시기가 되면 눈 가리고 아웅 격으로 늘 와이셔츠 깃과 소매만 다림질을 했었는데' 하며 딸 방에 앉아 하염없이 갇힌 시간 속을 끌어내고 있었다.

이 시간만이라도 엄마의 손길이 사진 속 깊이 스며들어 엄마 손길 느낀 딸이 외롭지 않았으면 하는 마음이다. 그래서 내 육신이 변해 언젠가 만나는 날 단번에 '우리 엄마다'하고 기억하기를. 그렇게 소원하는 마음으로 의식儀式은 아니지만 매일 같이 조석으로 내 딸을 대하는 중이다.

우리 딸이 자기가 원해서 태어난 것이 아닌데…; "태어나게 해 주세요"라고 요구하지도 않았는데…; 그 무서운 힘든 시간을 원하지도 않았는데….

아빠와 엄마는 짧은 생을 손에 쥐어 보냈다.

그리운 길은 _____
참으로 모질다

내 손끝에 담은 사랑은 다시 내어줄 수 없는 공간에 갇혔고, 내 눈앞에 다가와 마주 앉아 있어도 잡히지 않는 안타까움은 그저 한낮 꿈이었으면 좋겠다.

언제쯤 예전처럼 엄마 손길 닿게 해줄 수 있을까. 세월을 꺾어놓다 보면 해후를 보겠지.

그리운 길은 참으로 모질다.

이름
석 자

하루를 보내는 일과에서 수없이 불러본다.
소리 내어 불러도 보고 머릿속은 저절로 되뇌고 있다.
생전에 있을 때 보다 몇 수십 배로 더 부르고 있다. 딸 이름을.

아빠가 미안하다.
아빠가 이름을 잘못 지었는지.

예쁘고 건강하게 크라는 아빠 마음 실어
옥편 뒤적이며 획순 따져보고 뜻풀이하며 보냈던 밤.
처음 지어보는 이름이라
들뜨고 설레던 뿌듯함, 왜 그런 기분 있잖니.
근데
모든 것이 아빠로부터 시작?
17년의 짧은 삶을 만들어 버렸다는 생각을 하였다.

첫 단추가

제대로 안 끼워진 어긋난 출발인가 싶어

아빠는 많은 생각을 하지.

아프게 해서 미안하다 미안해 예쁜 딸.

아빠가 참 많이 사랑해 주었는데.

아빤

결코 이런 일생을 바라며 지었던 이름이 아닌데.

많이 보고 싶다.

아빠가.

이렇게 딸 이름 작명한 것에 고뇌하는 아빠가 되었다.

그리고 사랑하는 딸에게 미안함을 감출 수 없어 이름을 오매불망 불러보
는 엄마가 되었다.

그리움이 오롯이 함축된 이름 석 자를 엄마 머릿속에서 부릅니다.

엄마는 음식 할 때도 밥 먹을 때도 머릿속에서 부르고 있습니다.

가끔은 청소기 밀 때 힘껏 소리쳐 부르기도 합니다. 그 이름이 입에서 흘
러나오면 금방 서러워 목이 메어 눈물이 나옵니다.

다정하게 사랑스럽게 수 없이 입이 닳도록 불렀던 그 이름.

때로는 성나게 불러서 마음 상했을 이름.

어릴 적 흙먼지 가득한 놀이터에서 불렸을 이름.

혼자 울며 숨죽여 부르는 이름.

수업 시간 "답이 뭐지?"라며 선생님에게 불렸던 심장이 쿵쿵했던 이름.

친구들끼리 속닥속닥 이야기 나누던 또래 속 이름.

학원 다닐 적 "얌전한 예쁜이 여기 앉아" 하던 이름.

"동아리에 들어와 줘"라며 부탁받던 이름.

지금은 불러도 대답 없는 이름.

내가 살아있을 때 아니면 딸 이름 언제 써보겠나.

오른쪽 집게손가락을 천천히 움직여 자음 히읗을 그리고 옆에다 모음 'ㅕ'와 'ㅣ'를 세웠다.

혜.

다시 자음 기역을 그렸고 옆 단짝인 모음 'ㅕ'를 순서에 따라 세 번 그었다. 그리고 아래쪽에 이응 동그라미를 선 밖으로 나가지 않게 따라 그렸다. 생기 있던 두 글자였건만 이젠 침울하고 천근만근 무겁게 아픈 글자가 되었다. 애틋하게 이름 써 내려간 집게손가락 손끝, 마지막으로 딸 입을 내 입에 맞춘다.

엄마가 이름을 불러도 너의 대답은 안 들릴 텐데, 그런데 귓전엔 혜경이의 대답하는 목소리가 여전히 걸려있다.

그리운 길은 _____
참으로 모질다

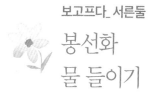

봉선화
물 들이기

봉선화 꽃이 피었다.

꽃잎과 잎사귀를 따 담아 든 손에 내 어린 기억도 함께 돌려받아 꼭 쥐었다. 사랑하는 두 딸의 어린 손톱에 봉선화 물들이기를 해주고 싶어서다.

"은땅아, 긍아 이리 와 봐. 엄마가 봉선화 물들이기 해 줄게 같이 따자."

봉선화는 꽃잎에 비해 잎사귀 비율이 높게 따서 담는다.

"집에 가면 손톱에 예쁘게 물들이자"

두 딸의 고사리 손 품도 비닐봉지에 속속 넣어 챙겼다.

따서 담기는 했는데 어떻게 하면 예쁘게 스며들까 했더니 누군가는 '그늘에 잠깐 말려 찧어라', '백반을 넣어라', '소금을 넣어라' 등등 귀동냥 노하우가 난무했다. 반면 처음 접하는 두 딸은 마냥 신기한 모양이다. 웬 꽃으로 손톱을 물들이겠다는 엄마 모양새만 바라보고 있을 뿐이다.

그렇게 백반을 넣고 찧은 봉선화를 두 딸의 자그마한 손톱에 봉긋이 올려놓고 비닐로 감싸 실로 손가락을 묶어 주었다.

"밤새 이렇게 하고 자야 하는데 손가락이 아프지는 않지? 살살 묶었는데.

참, 자다가 비닐이 벗겨질지도 모르겠다. 불편하니까 무의식적으로 빼게 되거든. 그리고 물기도 줄줄 새기도 하고. 근데 있잖아 첫눈이 올 때까지 봉선화 물이 손톱에 남아있으면 첫사랑이 이루어진다는 이야기가 있어. 첫눈이 내릴 때까지 남아있으면 좋을 텐데 그치. 하지만 요런 손톱에 물들여져 작은 손톱이 자라 깎게 되면 그나마 물들인 부분이 금방 없어지겠다."

엄마가 하는 소리는 안중에도 없이 딸들은 온통 손가락에 신경을 쓰고 있었다. 하지만 아쉽게도 첫 시도의 결과는 '첫 술에 배부르지 않다'는 속담과 같았다.

이 얘기를 들은 주변 사람들이 손쉽고 예쁘게 봉선화 물 들이는 방법이 있다며 귀띔해 주었다. 바로 문구점에서 사다가 하면 너무 간단하고 몇 십 분이면 뚝딱이란다.

또다시 어린 두 딸에게 문구점에서 봉선화 물들이기 재료를 사다가 열 손톱에 올려주던 여름날이 돌아오고 있었다. 그 여름을 앞두고 큰딸과 나란히 침대에 엎드려 이야기하던 중에 큰딸이 봉선화 물들이기에 대한 얘기를 꺼냈다.

"맞다! 엄마 우리 봉선화 물들이기 꽤나 했지. 시골 가면 따서 가져오고 단지 내에서도 땄던 기억난다. 이렇게 비닐로 돌돌 쌌는데 물기가 있어서 아침에 일어났을 때 손가락이 쭈글쭈글하게 됐어."

"어? 다 기억하고 있네."

"엄마, 내일 우리 발톱에 하면 어떨까? 손톱은 네일을 했으니 할 수가 없고 발톱에 하자. 내가 사 올게."

"그럴까? 혜경이가 여름에 샌들 신을 땐 에티켓으로 발톱에 매니큐어를 바르고 다녀야 한다고 했으니까 오랜만에 해보자."

큰딸 발톱에 도톰하게 얹어주고 내 발톱에는 두툼하게 얹었다. '엄마 손에 묻은 자국이 벌써 예쁘게 되었다'고 '신문지를 밟은 서로의 발이 어떻게 변할지 궁금하다'고 수다를 이어가며 시간을 살금살금 내려놓고 있었다. 도톰 두툼하게 올린 반죽 물기가 다 스며들어 그런지 굳었다는 느낌에 떼어보니 원하던 색깔이 발톱을 가득 채웠다.

꺼지지 않는 빛줄기 아래 큰딸도 나도 열 발톱에 몽땅 봉선화 물들이기를 했다. 지난 빛줄기 아래 셋이 나란히 앉아 있는 곳으로 가 있었다.

그리운 길은 _____
참으로 모질다

보고프다_ 서른셋

책 돗자리
사진에서

우리 혜경이는 다섯 살, 혜경이 언니는 일곱 살이었던 해 11월 거실에서 찍었던 사진이 있다.

내복 바람으로 활짝 웃고 춤추는 모습이 담긴 꾸밈없던 동심의 놀이 공간을 다시 들여다보니 새삼 짓궂은 놀이로 재미있는 시간을 보냈던 한때가 아니었나 싶다.

날씨가 추워지면서 외부 활동이 줄어들다 보니 실내에서 주로 아이들과의 여가시간을 보내야 했는데 그 내용들이 늘 반복적이다 보니 나로서도 식상하다는 생각이 들었다. 그래서 개구쟁이처럼 짓궂은 장난을 들추어보며 궁여지책 끝에 특별한 여가 시간을 만들어보게 되었다.

거실에 놓인 책꽂이 책들을 거실 바닥에 마음껏 내려 놀아보라고 했다. 나의 말이 끝나기 무섭게 예쁜 두 딸은 책꽂이에 꼭 맞게 끼어있던 책들을 고사리 손으로 하나씩 뽑아 던지거나 그것도 아니면 뭐가 그리도 급한지 빠른 손놀림으로 마구, 마구 책장 아래로 책들을 탈출시키고 있었다.

둘의 치열한 시합으로 거실 바닥의 빈공간은 줄어갔고 그에 반비례해 아이들의 즐거움의 크기는 커져만 갔다.

 이렇게 가끔 책과의 놀이가 있을 때면 미니 미끄럼틀은 거실 한 쪽 귀퉁이로 밀려났고 소파에는 장난감 쇼핑카트에 앉혀져 있던 곰과 원숭이 인형이 구경꾼 되어 나란히 앉혀졌지.

 거실 바닥 책은 돗자리가 되어 밟고 다니며 춤을 추기도 하고 털썩 앉아 이리저리 뒤적이며 마음에 드는 책을 들어 작은 무릎에 올리기도 했다. 그렇게 무릎에 놓인 책 한 장 한 장 글과 그림 따라 쫓아가던 맑은 눈동자의 움직임은 독서 삼매경에라도 빠졌나 싶게 하더니 이내 술렁술렁 후딱 읽고는 다시 슬금슬금 일어나 신나게 한바탕 돗자리에서 춤판을 벌였다. 언니가 스타트를 끊고 그 꽁무니 따라 혜경이도 무릎 위 책을 슬그머니 내려놓고 일어나 책을 밟으며 빙빙 함께 돈다. 그것도 재미없을 즈음이면 징검다리 건너듯 성큼성큼 점프도 하고 보물찾기 하듯 깊숙이 묻힌 책을 꺼내는 등 어린 두 딸은 새로운 놀이 방법을 끊임없이 찾아냈다.

 모든 놀이가 끝나면 정리 정돈이 기다리고 있었지만 별다른 문제는 없었다. 제일 손이 많이 가는 책 정리를 내가 하겠다 자처하면 두 딸은 나머지 장난감과 블록을 종종대며 정리했다. 잠시 후 자신들의 정리 정돈이 마무리되면 어느새 내 옆에 다가와 언제나 책을 내밀었다.

 이런 새로운 놀이거리가 가득한 거실 공간은 언제나 발 디딜 틈 없이 정신 사나웠다. 거실이라는 공간에서만큼은 아무런 제재 없이 하고픈 것이 있으면 마음껏 즐길 수 있었다. 비록 남이 그 난장판을 본다면 아연실색하겠지만 놀이는 그 어떤 것에도 구애와 간섭을 받지 않아야 한다고 생각했다.

 혜경아! 그때로 다시 돌아갈 수 있다면 참 좋겠는데.

마냥 좋아 해맑게 웃는 얼굴 또 담을 수 있게.

길은 지나쳐도 다시 갈 수가 있지만, 신나게 한바탕 춤판 어우러지던 거실 가는 시간의 길은 가도 가도 엄마 마음에만 존재하고 길은 길이건만 재회될 수 없는 길이구나.

엄마는 사진기 들고 다시 가고프다.

우리 집
낙서문화

은뗭이랑 긍이랑 투고 공간

낙서는 어떤 방법으로든 깨끗하게 지워내기 쉽다.

하지만 내 기억에 잔재하는 낙서투성이는 하얗게 지워지지 않는 행복했던 낙서 공간이다.

거실 벽과 천장, 그리고 소파에는 유독 낙서가 심했다.

아무래도 소파에 앉아 있다 바로 뒤돌아서 벽지에 그리던 한글 놀이가 딱 좋았는지 나름 자유로운 표현방식으로 투고한 꼬부랑 글이 밉지 않게 벽을 수놓았다.

이런 낙서를 해댄 주인공은 당연히 사랑하는 두 딸내미다.

두 딸이 그 나이에 맞게 조금씩 성장하면서 글과 숫자를 배우고 세상과 대면하는 법을 알아가다 보니 거실 벽 삐뚤빼뚤한 글씨는 보는 이로 하여금 '무슨 낙서를 저렇게까지 했을까' 할 정도로 아연실색의 낯빛을 띠도록 거창하였다.

126

그 거창함은 내가 국민학교 다니던 시절 땅따먹기 놀이에서 영역을 넓혀가듯 날이 갈수록 반경이 확장되어 갔다. 어차피 물은 엎질러졌으니 기왕에 낙서하는 거 글씨 연습도 제대로 해보고, 생각나는 대로 선도 그어 보고, 표현하고 싶었던 동심의 모든 것을 마음껏 해보라 했다. 홍길동처럼 동에 번쩍 서에 번쩍 위치도 가리지 않았고 손이 닿는 곳이라면 자연스레 낙서가 시작되기 마련이었다. 급기야 두 딸의 한글사랑은 소파를 타고 책장을 넘어 천장까지 확장하는 지경에 이르렀다. 그 힘들고 어렵게 보이기만 하는 천장을 상대로 아빠나 엄마가 소파에 앉았을 때면 기어코 붙잡아 달라며 소파 꼭대기와 책장을 밟고 올라 포기하지 않고 낙서로 채우던 그 기막힌 발상이란….

그 천진스러운 개구쟁이 둘 중에 하나였던 큰딸은 자신의 방에서 어떻게 하면 별을 잘 그릴 수 있을까 연습에 연습을 모색하던 그 일이 지금도 생생하다고 했다.

이처럼 두 딸의 낙서로 채워졌던 투고 공간을 살펴보면 손에 힘이 부족해서 였을까 고개를 옆으로 뉘여야 보이는 글씨도 있고 큰아빠가 보란 듯이 명필 첨삭을 했던 어른의 낙서 흔적도 발견된다. 여하튼 옆에서 아낌없이 방관하며 투고 시간을 제공한 아빠랑 엄마에게 낙서는 자질구레한 것에 불과했다.

은떵이랑 긍이랑 낙서 변천사

딸들과 딸들의 입장과 눈높이에서 함께 동참했던 남편. 아름답고 행복했던 낙서의 흔적과 기억은 아직도 하얗게 지워지지 않았고 사진은 그 증거가 되어 새록새록 순간을 일으켜주고 있다.

솜씨 없는 그림은 아이 눈높이에 맞을 정도로 추상적인 인물처럼 그려졌고 옆에는 '엄마'라고 쓴 그림도 있으며 친구 이름, 알파벳, 곡식 종류 등 또박 또박 써놓은 거실 벽지는 두 개구쟁이 나이 따라 변천사 또한 많다 보니 알맹이가 여무는 결실의 장이 펼쳐졌다. 거기에 엄마 입장에서 낙서가 아닌 구구단 표를 덧붙여 놓는 자행^{恣行}도 있다.

그런가 하면 소파에 나란히 앉아 하늘은 왜 파란가에 대해 돌아가며 한마디씩 하면 진행자인 은땡이 그 단어를 써놓던 놀이도 진행되었지(혜경이 6살).

첫 번째 안건. 하늘하면 생각나는 단어는?

　　아빠 : 의견이 사진에서 잘림.

　　엄마 : 의견이 사진에서 잘림.

　　나(은땡) : 연못, 참새, 별, 달, 구름.

　　동생(긍이) : 천사, 빗물, 별, 갈매기.

두 번째 안건. 하늘에는 누가 살까?

　　아빠 : 하느님.

　　엄마 : 마음이 착한 사람들.

　　나(은땡) : 하늘 천사.

　　동생(긍이) : 하느님.

세 번째 안건. 하늘은 끝이 있을까, 없을까?

　　없다 4표 (만장일치)

네 번째 안건. 하늘은 왜 파랄까?

그리운 길은 _____
참으로 모질다

아빠 : 바닷가에서 수분~ (뒷부분은 보이지 않음)

엄마 : 높아서.

나(은땡) : 공기를 주어서.

동생(긍이) : 진행자가 글을 쓰려고 펜을 대고 있다.

나는 또 다른 폭넓은 제안으로 "이젠 어릴 때 마냥 낙서도 하지를 않으니 우리 그림을 그려서 붙여 놓을까? 여기 벽지 이음새가 낙서하면서 만지니까 뜯겨져 있어서 보기가 안 좋아" 하며 일방적으로 밀어붙였지.

그리고 일사천리로 사랑하는 두 딸과 함께 숲을 그렸다. 거기까지는 좋았는데 문제는 '그래도 숲인데 동물을 어떻게 그릴까'하고 고심하던 중 애니메이션 책을 펼쳤다. 우리는 그 책에서 해답을 구하고 열심히 새와 다람쥐만을 베껴 그렸고 곤충으로 나비와 잠자리도 한 마리씩 숲을 날아다니며 이름 모를 꽃도 피게 손 마음대로 재주를 부리게 해줬다.

내 생애 두 딸과 함께 합작한 전지 그림은 뜯겨진 도배에 덧댄 거실 벽 배경으로 완벽하게 되었다.

비록 엄마가 저지른 자행으로 순수한 낙서들이 가려졌지만 그것들은 어린 딸들의 낙서 문화가 다양한 변천사를 담아 놓도록 새로운 투고를 즐기도록 해준 것이다.

'하늘은 왜 파란가'하는 생각놀이를 기억하는 큰딸은 참 별것도 아닌 것으로 재밌게 놀았다 하는데 그 놀이할 때 소파에 누운 아빠 옆에서 활짝 웃던 긍아, 여기 우리 집 소파 뒤 하얀 벽지가 무색하게 버티고 있단다.

예전 그때로 모두 모이라고.

큰딸은 해주고
작은딸은 안 해줬다

두 딸과 함께 보냈던 수많은 기억을 떠올리다 보면 생을 마감한 긍이에게 해주지 못했던 일이 자꾸 수면으로 떠올라 미안해진다.

별일도 아닌데 부모라서 그렇겠지.

그 해주지 못했던 일이란 어찌 보면 극성스러운 엄마 모습을 보여주지 못함이다.

그 발단은 알음알음 알고 지내던 학부모가 상에 대해 슬쩍 자랑을 던지고 이어받은 다른 학부모는 누가 무슨 상을 받았다며 자랑하는데 좋겠다고 한다.

'그거 다 엄마 작품이지. 무슨 초등학교 저학년이 그런 작품을 어떻게 해.'

하지만 오롯이 아이 혼자서 만든 작품이란다. 그러나 학교 도우미 활동에 가서 진열된 작품을 보면 다들 '에이 엄마 작품이네' 하는 첫마디가 나온다. 그런 말이 나올 수밖에 없는 것이 만약에 학교 대표로 대외 행사에 나가서 작품성을 인정받아 상을 탄 경험이 있다면 수긍을 하겠지만 그런 일도 없고 방학 과제물 혹은 가족신문과 같은 과제물 평가에서 상을 받았다

그리운 길은 _____
참으로 모질다

는 것은 아무래도 부모의 기여가 크다고 본다. 어찌 되었건 쪼아댄 입장으로선 괜한 심술 아닌 심술을 부렸었다.

그러면서 난, '다음에 내가 엄마 솜씨라는 걸 보여주겠다'며 아이들 일에 엄마가 열을 올리는 꼴불견 모양새를 보였던 방학과제물과 가족신문은 아이 눈높이가 아닌 엄마가 나서기로 했던 큰딸의 상이 몇 번 있다. 떳떳하지 못한 엄마 작품으로 단번에 탔지만 이후로 나는 큰딸의 과제물을 대신하는 일은 하지 않았다.

그게 좋은 방법이 아니며 큰딸 또한 흥미를 가지고 해야 뭔가를 얻을 텐데 억지로 붙들고 하는 것 같아서 괜한 스트레스를 주고 싶지 않았다.

그 의미 없는 상이지만 긍이에게 한 번도 해주지 않았는데 떠나보낸 빈자리에서 마음 아프도록 미안한 부분으로 쑥 또 올라왔다. 그리고 큰딸에게 해준 과제물이 아무 의미가 없는 것으로 단정을 짓고 스스로 하는 방법을 강구하며 그만두었던 나는 이제 와서 사진 속 긍이를 보면서 생각을 고쳐 먹고 후회를 하고 있다.

학교가 아닌 집에서는 엄마가 가르쳐주는 입장이니 옆에서 최대한 도와줄 수 있었던 과제물을 큰딸 경험에 비추어 좀 더 나은 방향을 제시해 저학년 때 창의적인 출발을 해주었다면 긍이가 상도 받고 어깨가 으쓱해져 있었을지도 모른다.

왜냐하면 무엇을 받아들이는 사고능력은 저마다 다르다보니 자신감이 넘쳐 모든 것에 동기부여가 되는 원동력이 되었을지도 몰랐을 텐데 하는 돌이킬 수 없는 아쉬움을 움켜쥐고 있다.

오직 적극적이지 못했던 앙금이 자꾸만 미안해진다.

사진 속 그리운 작은딸을 보고 있자니 평소 보내주던 톤으로 말해줄 것 같은 나만의 이기적인 생각을 가졌다.

　'에이, 엄마 괜찮아.

　뭘 그런 것 갖고 그래.

　다 지나간 일들인데,

　난 아무렇지도 않아.'

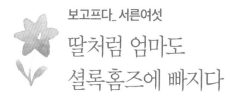

딸처럼 엄마도
셜록홈즈에 빠지다

1부가 거의 끝나갈 즈음에 보게 된 셜록홈즈.

나는 바보상자 앞에 이끌려 시선집중 모드로 있었다.

의사인 친구 왓슨과 함께 탐정을 하다가 왓슨이 함께 하지 않겠다고 말
했다. 그러나 의뢰를 맡은 사건이 왓슨이 손을 떼겠다고 말하기 전 현장과
관련이 있음에 시신을 왓슨 집으로 가져와 태연자약하게 시신을 보며 연관
성이 있는 단서를 찾는 과정에서 왓슨에게 물음으로 운을 뗀 후 슬쩍 자리
를 피하여, 왓슨이 시신에서 뭔가를 열심히 보도록 유도해 주고는 관여치
말라는 식으로 말을 건네고 나간다.

그 순간 나도 홈즈의 의도를 읽었다는 것에 미소가 살짝 드리워졌다.

사실은 홈즈가 왓슨 집으로 시신을 가져왔을 때 권총을 먼저 탁자에 놓
았다.

그리고 홀연히 혼자 의뢰 탐정을 하겠다는 심산으로 나갔지만, 왓슨 너는
꼭 따라 올 것임에 그럼 권총을 갖고 뒤따라오라는 의미가 있었던 것이다.

그러니까 홈즈가 자신의 마음을 읽은 것과 또한 왓슨도 홈즈의 의도를

척척 읽어내어 양측 마음은 소통이 잘되었으며 왓슨 역시 탐정에 손을 떼고 싶지 않아 의뢰에 대한 사건도 서로가 정통하기에 둘은 콤비 조력자 일 수밖에 없다.

그렇게 잠시 1시간여 동안 셜록홈즈에 빠져들어 봤다.

왜 봐야겠다고 이유를 말하자면 그리운 딸이 수학여행 가기 전 3월에 병원에 입원하면서 따분해서일까 도서 대출을 해왔는지 거실에 탑 쌓기처럼 책을 놓고 그 옆에 엎드려 읽고 있었다. 그 모습을 집에 들어서며 본 나는 물었다.

"이게 무슨 책이야."

"으응, 내가 읽을 거야, 병원에서. 셜록홈즈 추리소설인데 얼마나 재밌는데."

그 날 '얼마나 재밌는데'라는 말만 내 귀에 쏙 들어왔었지.

그리고 얼마 지나지 않아 참사가 덮쳤고 내 생각은 역주행으로 가며 내 귀에 쏙 들어앉은 말도 낚아채어 꺼내놓는다. 그러니 우연찮게 외화방영을 뚫어지도록 tv에서 떠나지 않고 있었던 이유다.

나는 단지 그때 딸이 읽고 있다는 자체 '책'이라는 명사만 보며 속으로 기특해했고 재밌다는 말만 들었을 뿐이었다. 추리소설을 읽게 된 동기의 경로는 누구의 영향으로 시작했는지를 묻지도 않았으며 청소년기에 좋아하는 취미가 독서였냐는 엄마의 관심사로 바뀌어 다가서지도 않았다.

거실에서 추리소설을 읽을 때 입가에 미소를 띠었을 순간이 있었을까? 만약에 있었다면 엄마가 외화를 보면서 미소가 생기던 장면이라면 참 좋겠다. 그건 딸도 엄마도 소설 속에 빠져들었다는 것에 일맥상통한 죽이 잘 맞는 콤비니까.

또, 한편으론 엄마 딸과 친구들이 왜 그렇게 가야만 했는지를 셜록홈즈 탐정에게 의뢰가 되는 현실이라면 얼마나 좋을까 하는 생각도 외화를 본 후 해봤다.

그런 명탐정이 있다면 아직까지 제대로 된 진실규명 하나 없는 이런 시점은 대하고 있지 않으련만.

그렇게 무관심했던 것에 미안하고, 다가가 칭찬해주지 못함을 후회막급하며 주인 없는 교실 책상에 딸이 읽고 있었던 셜록홈즈를 사다 놓았다.

그리고 딸아 언니가 사다준 셜록홈즈 베스트 단편선을 엄마는 또 폭 빠져 거실 한쪽 창가에 기대어 읽었지. 이젠 사무치도록 그리운 딸이 흥미롭게 읽고 있는 모습을 엄마에게 덧씌워 가끔씩 사서 읽어보고 나중에 사랑하는 딸 옆에 놓을게요.

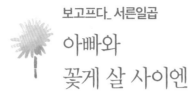

보고프다_ 서른일곱

아빠와
꽃게 살 사이엔

　일찍 퇴근할 때, 혹은 주말 우리 네 식구가 함께 저녁을 먹을 때면 꽃게
조림을 종종 한다.
　으레 아빠는 꽃게 살을 쏙 발라내어 자신의 입으로 가져가지 않고 사랑
하는 두 딸의 밥에 살짝 얹어놓는다.

　첫 번째 발려진 꽃게 살 수저에 얹어주며 "은땅 많이 먹어", 뒤이어 두 번째
젓가락에 발려져 나온 꽃게 살 수저에 얹어놓으며 "긍아 많이 먹어" 했지.
　연신 번갈아가며 발라주는 꽃게 조림은 한 잔 술에 딱 좋은 아빠의 선호
음식이지만 두 딸 수저에 먼저 얹어놓으며 부서질까 조심스레 주는 사랑 음
식이 되었다.
　그 게살을 사랑하는 두 딸이 밥을 다 먹도록 몸통 살 남김없이 싹싹 집
어내어 주는 것이 먼저였다. 자신 입에 먼저 넣는다는 것은 룰에 위배되는
것 마냥 저녁 찬거리 꽃게를 딸들에게 다 발라주고 정작 본인은 속빈 강정
이 된 꽃게 몸통을 두고는 웃으며 이렇게 말했지.
　"와, 아빠는 엄청 많이 있네."

그리운 길은 _____
참으로 모질다

"뭐가, 완전 껍데기만 남았네."

"이거면 충분하지. 아, 이제 한 잔 해야겠다."

웬만하면 앞에 놓인 소주 한 모금 먼저 드실 수 있었지만 곁눈질 한번 쏘지 않고 바쁘게 오갔던 손길이 멈추고서야 소주잔 없이 병째 들고 한 모금 입에 꿀꺽 넘기며 "이 맛이야"라며 탄성이 나왔지. 그리고 이내 속빈 몸통에 양념된 맛이 입가심되어 안줏거리가 되었다.

그런 아빠를 앞에 두고 매번은 아니지만 "이 맛이야" 추임새 말로 "병나발을 분다"라고 장난을 했다.

이런 장난에 "뭐 혼자 먹는 술에 격식이 어디 있어. 설거지 하나라도 덜하면 좋지"라며 되레 "안 좋아?" 묻던 술기운 옅게 퍼진 아빠의 얼굴은 식탁을 내리비치는 불빛과 어우러져 장난꾸러기 어린아이가 웃는 모습 같았다.

다시 손에 쥐고 한 모금 꿀꺽 넘기며 "이 맛이야" 하는 소리는 하루 동안 피곤했던 심신이 다 풀리는 느낌을 받았다.

그렇게 물리지 않은 식탁에서 끝나지 않은 부정父情은 실하게 보이는 게 다리를 찾아 가위로 잘라 살을 끄집어내서는 "어, 이건 긍이 줄까" 하며 자신을 닮은 딸을 불러 입에 물리고 "은명 이번에는 네 차례야" 하며 서운해하지 않도록 미리 일러둔다. 통통하다 싶은 것 자식 입에 뭉텅 물려주고는 작고 작은 꽃게 다리 하나 쪽 소리 내며 양념 맛으로 몇 번인가를 먹다가 실한 다리 하나 건졌을 때면 "이번엔 아빠가 마지막으로 먹어야지" 했을 땐 당연한 것임에도 괜한 미안함이 잠시 마음을 흔들어 놓고 갔나 보다.

비록 마지막 실한 다리 하나 건졌지만 장난기 가득한 말투로 "꽃게 다리는 이렇게 훅 들이켜서 먹어야 해" 한다.

두 딸에게 잔정이 참 많은 아빠다.

그리고 아빠만의 방식으로 두 딸에게 주는 사랑은 아빠만의 관행이다. 그 관행이 오랜만에 둘이 먹는 늦은 아침 식탁에서 일어나고 있었다.

　　나는 아무런 생각 없이 평상시 그렇듯 밥을 먹는데 갑자기 내게 발려진 꽃게 살이 밥 위에 얹어지며 "이런 것도 먹어야 건강하지. 맨 날 김치만 먹으면 어떡해. 많이 먹어" 한다.

　　그렇게 사랑하는 두 딸에게 해주던 정情을 지금은 내게 주고 있다.

　　물끄러미 남편을 보면서 한마디 건넸다.

　　"생각나? 애들한테 해줬던 거."

　　"그럼 생각나지. 내가 다 해줬는데."

그리운 길은 ＿＿＿＿
참으로 모질다

보고프다_ 서른여덟

발마사지 하는
그림 속 이야기

"엄마, 뭐해? 바빠?"

"아니, 왜 그래?"

"그냥, 아니야" 하면서 방으로 간다.

뭔가 요구가 있어 왔던 모양새라 여겨 큰딸 방에 갔다.

"딸, 엄마가 발마사지해줄까?"

"응, 사실은 그것 때문에 엄마 불렀는데."

진심을 속이지 못하고 웃으며 꺼내놓는다. 그러면서 엄마가 해주는 발마사지가 최고라고 너스레를 떤다.

언젠가부터 딸이 사회생활하며 겪는 피로감을 조금이나마 풀어 줄 심산으로 짬을 내서 몇 번 발 마사지를 해줬는데 어느 순간 잊고 지냈다. 그동안 꽤 참고 있던 피곤함이 컸는지 큰딸은 시계가 졸음에 겨운 11시가 되어 가지만 미안한 마음으로 부탁을 하게 되었나 보다.

내가 하는 마사지는 전문적이라기 보다 그냥 막무가내라고 하고 싶다.

한 손으로 발가락을 젖히고 다른 손으로 발바닥을 두들긴 후 주먹으로 발바닥 중앙을 아래서 위로 밀어주고, 발가락 하나하나 잡아당겨준 뒤 두 손의 엄지손가락으로 발바닥 아래서 위로 밀기도 하고 전체적으로 꾹꾹 누르며 압박을 가해준다.

"오늘은 비가 와서 구두를 조금 높은걸 신었더니 발이 아프더라."

"신발이 편해야 온몸이 편하지. 발이 얼마나 중요한데. 그리고 발도 얼굴 로션 바르듯 바르면 좋다고 하더라."

"에이, 귀찮아."

"내일부터 로션 바르며 해줄게, 그러면 조금 부드럽지. 여기 엄지발가락 티눈 생기겠다. 예전에 티눈 생겼던 자리인데, 구두 안이 딱딱하면 티눈 생기지."

발가락을 잡아당겨주는데 전 같지 않게 오른쪽 새끼발가락이 확 눈에 들어왔다.

"어? 혜경이랑 어쩜 이렇게 똑같지? 새끼발가락 말이야."

"엄마도 참. 엄마가 낳았는데 당연히 똑같지."

"큰딸은 아빠 발 닮아서 작고, 혜경이는 엄마 발 닮아서 큰데. 새끼발가락이 어떻게 똑같아 보이지? 발가락과 발가락 사이도 그렇고."

"나는 혜경이 발을 못 봐서 모르겠는데 엄마는 우리들 어려서부터 씻기고 해서 눈에 보이나 보다."

"그게 아니고 혜경이가 수족냉증이 있었잖아. 한여름에도 손발이 얼음장같이 차서 이불 덮이고, 엄마가 수면양말 신겨주고, 그래서 발을 자주 봤지. 지금도 그 찬 기운이 확 닿는 느낌이 기억난다. 그러니 한겨울엔 얼마나 시리고 했을까. 그런데 혜경이는 수족냉증이 왜 나중에 생겼을까, 아무래도 2차 성징이 된 뒤 변화가 있는 것 같아."

"그럴지도 모르지 엄마."

"혜경이는 겨울에 태어나서 비염이 있었나 봐. 큰딸은 나중에 결혼하면 아기는 겨울에 낳지 마. 따뜻한 5월이 좋지. 엄마는 지금 생각해 보면 참 뭘 모르지. 문풍지도 잘 붙이고 했으면 조금 나을지도 모르는데…"

"에이, 엄마. 우리 집이 사이드 라인이라 어쩔 수 없었지 뭐."

그렇게 서로의 생각을 말하며 양쪽 발바닥을 마사지하고 마지막으로 종아리를 주물러주었다.

"역시, 우리 엄마가 해주는 마사지가 최고야. 피곤이 싹 가시고 편안하고 나른하니 잠이 스르르 와."

딸은 사랑스러운 양념을 아끼지 않는다.

"잠이 스르르 온다면 자장가네."

"맞아 자장가도 되겠다."

엄마의 부족한 솜씨 때문에 그 손길이 거칠게 느껴질 텐데도 최고라며 치켜세워주는 걸 보니 엄마여서 마냥 좋은가 보다.

두 딸은 가끔 가족이 아닌 다른 사람이 '너희들 쌍둥이니'라고 물어보면 집에 와서는 서로 '엄마 우리 닮지도 않았는데 왜 우리 보고 쌍둥이라고 하지. 하나도 안 닮았는데'라고 얘기했지.

그런데 혜경이 새끼발가락과 언니 오른쪽 새끼발가락이 어쩜 그리도 똑같니.

새끼발가락이 쌍둥이 같아.

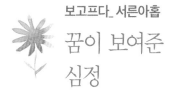

꿈이 보여준
심정

꿈을 꾸고 있었다.

'혜경이도 이랬겠지.'

연휴지만 아침 일찍 출근하게 된 남편을 배웅하고 한 잠 청했다.

얼마나 잤을까, "엄마" 부르는 소리에 눈을 번쩍 떴다.

큰 딸은 외출한다며 "이제 더 자, 이따가 봐" 하곤 뒤이어 현관문 닫히는 소리가 들렸다.

하지만 잠을 더 자기에는 이미 내 생각이 한곳에 꽂혀버렸다.

어떻게 그 찰나, 나를 깨웠을까! 나는 꿈에서 곤경에 처해 있었는데….

가만히 누워 깼던 꿈으로 다시 들어갔다.

궁이가 처했던 상황을 내가 겪으며 그 위기 속에서 내 딸이 가라앉는 순간을 내 스스로 읽는 꿈.

그 꿈의 시작, 내가 물가에 들어갔다.

그냥 물가만 보였다.

그곳이 넓은 바다도 아니고 개울도 아니며 강가도 아닌, 그저 물가만 보였고 바위처럼 큰 돌이 있어 그 바위에 올라서니 발목이 잠길 정도였다. 흔히들 여름 계곡에 가면 수심이 깊은 곳에 빠질까 봐 조심스럽게 물속 잠긴 돌에 힘주어 섰던 것처럼 그렇게 조심조심 큰 돌 위에 발을 올렸다.

정말 아무도 없이 나 혼자 있었다. 혼자라고 무섭다거나 공포 같은 느낌은 없었다.

꿈은 더 이상의 넓은 반경을 보여주지 않았다.

단지 내가 큰 돌에서 디딘 발에 힘을 주어 절대로 빠져들지 않고자 온 신경을 쓰고 있었을 뿐이다.

그런데 갑자기 정말 순식간에 물이 몰아쳐 나를 휩쓸어 삼켰다. 순식간에 물에 휩쓸려 떠내려가다가 결국은 물속으로 잠기고 있었다. 헤엄을 치려 해도 자꾸만 내 몸은 아래로 가라앉았고 물속에서 나는 숨을 쉬지 못하고 있었다.

그렇게 아래로 아래로 잠기던 중에 '아, 혜경이도 이랬겠지'하는 생각이 들었고 바로 그때 큰 딸이 "엄마" 하며 불렀던 것이다.

가라앉던 나를 일순간에 딱 거기서 깨웠지.

뒤척이며 '아, 혜경이도 이랬겠지'라며 그 순간의 심정을 떠올렸다는 것은 아마도 부모로서 위기 상황을 마주한 자식의 마지막 순간을 직면하고 정말 보고픈 딸이 처했을 상황의 심정을 간접으로나마 느껴보라는 것이었나 싶기도 했다.

사랑하는 내 자식이 처했던 그 상황을 아무리 부모지만 그 아픔의 무게 모두 알 수가 있을까라는 의문이 들 때가 있다.

누구도 당사자가 아니고서는 알 수가 없다고 나는 단정 지었다.

그래도 남아 있는 산목숨에 불과한지라 생각은 그 순간을 밀쳐보려 애썼

을 딸의 고뇌에 파고들어가는 시간에 멈춰있다.

　그렇게 내 새끼 말할 수 없는 아픔을 늘 안아본다.

　사랑하는 딸아.

　많이, 아주 많이 아프게 해서 엄마가 미안해.

그리운 길은 _____
참으로 모질다

꽥꽥거리는
엄마의 수학 셈하기

"자, 여기 잘 봐, 이게 바로 10이 되기 위해서 짝꿍이 된 숫자야. 많이 연습했던 거 알지?"

톤과 킬로그램 단위 환산 문제에 봉착했던 일이 또렷하다.

확실하게 알면 금방 대답이 나왔을 테지만 머릿속에서 온갖 생각이 교차한다. 더군다나 잘 가르쳐주는 오빠에게 괜한 눈치가 보여 이 답을 쓸까, 저 답을 쓸까 갈팡질팡 끝에 나온 답은 하필 꼭 오답이다. 그러다 보니 어느 순간 정말 정답을 알면서도 섣불리 꺼내놓지 못했던 그런 나의 지난날 지독히도 힘들어하던 시절이 있었다.

그런데 긍이도 유난히 힘들어하며 넘어갔던 뺄셈의 과정이 있었는데 나처럼 움츠러드는 마음의 무게를 얹고 있었던 것 같다.

긍이와 이별하고 만 16세 시절로 시간을 되짚어보니 긍이의 그 마음의 무게가 자꾸만 느껴져 후회스럽고 미안한 마음이 가슴에 비수처럼 꽂혀지게 되었다.

그래서 내가 나를 자꾸만 할퀴어내도 시원스럽지가 않다.

그런 나에게 남편은 "편하게 지내"라고 위로했지만 쉽게 위안이 될 수는 없었다.

이런 마음의 무게 때문일까 2019년 추석 전날 꿈에 우리 긍이가 세 자릿수 곱하기 두 자릿수 계산을 너무 잘 풀어서 칭찬을 아끼지 않고 해주었다. 그리고 큰 딸에게도 긍이가 수학 푼 내용을 말하니까 "정말 잘 하네"라고 칭찬을 많이 해준다.

비록 꿈이었지만 나와 큰 딸이 긍이에게 너무 잘한다고 기특해 했던 그 장면이 이쁘고 좋았다.

하지만 이런 꿈과는 반대인, 그토록 내가 마음에 두고 오래 할퀴어내는 것은 다름 아닌 학습지를 하는 과정에서 있었던 일이다. 일주일 치 분량을 점검하며 과정의 이해도를 체크해 보는 엄마 주도 학습이라는 덫은 그리 유쾌한 배움이 아니었을 것이다. 단 몇 장에 걸친 10분이라는 짧은 시간 투자라 해도 어떤 날은 굉장히 풀기 싫었고 어느 날은 '내일 이틀 치 한꺼번에 풀면 되는데 뭐'라며 꼼수 같은 생각으로 시간을 벌어 놓기도 했었던 딸의 학습지 앞 내 모습이다.

"서로 서로 만나야 10이 되는 둘도 없는 짝에 대해서 많이 연습했었지. 어휴! 공부하기가 힘들지. 근데 처음엔 누구든지 다 어렵고 그래."

밥상 앞에 일자로 앉아 엄마 얘기를 긍이는 열심히 듣고 있었지.

그날, 우리 긍이는 나에게 야단을 많이 맞았다. 뺄셈을 하는데 오답을 써 버리는 통에 둘 다 힘들어했었지. 받아 내림이 있는 뺄셈에서 진도가 없는 통에 어떻게든 이해하기 쉽게 하기 위해 10(보수)이 되기 위한 모으기, 가르기 수 개념을 재차 들먹이며 애를 써보았던 시간이었다.

그 통에 엄마가 성질을 엄청 부렸지.

여유를 주고 조금 기다려 주는 엄마 모습은 찾기 힘들고 채근하고, 그것도 잘 모른다고 닦달하고, 꿱꿱 소리 내던 엄마가 무척이나 미웠을 시간, 심청전에 나오는 뺑덕어멈에 버금가는 미운 시간이었을 거야.

하지만 그 꿱꿱거리는 엄마를 위해 혼자 스무 문제를 만들어 풀 생각을 할 정도로 노력을 아끼지 않았던 것을 기억해. 토요일 근무를 하다가 어린 딸 둘이 잘 있는지 집에 전화를 했더니 긍이가 받았었지.

"엄마, 나 뺄셈 만들어서 풀었어. 이따가 와서 엄마가 한번 봐."

"정말? 알았어."

일하는 내내 기특하다는 생각에 들떠 동료에게 "우리 작은딸이 혼자서 수학 문제를 만들고 풀어놨대"했더니 "야, 넌 좋겠다. 알아서 하니까" 한다.

어떻게 문제를 만들어 풀 생각을 했을까?

많이도 미웠을 엄마를 위해 어린 딸의 고심이 가득 묻은 문제 풀이와 정답들이 퇴근한 나를 반겨주었다.

그런데 난 '이제 완전히 알게 되었구나. 잘했네'라고 맺었어야 했는데 무슨 심보였는지 "그럼 이제 엄마가 몇 문제 내볼게" 하곤 다른 문제를 내밀었다. 하지만 보란 듯 긍이는 내 눈앞에서 척척 착착 금방 풀어버렸다.

우리 딸 공부 가르쳐주는 밥상 앞에서 엄마가 진작 어릴 적 수학 문제풀이 과정에서 겪었던 난관을 기억해 냈다면 결코 바보처럼 굴지 않았을 텐데.

그랬으면 분명 긍이도 스트레스 안 받고 재밌게 수학 공부했을 거야.

웃는 나를
미워했다

만연한 웃음으로 일을 하고 있다.

환하게 웃는 내 얼굴은 아크릴판에 고스란히 비쳐 나와 정면으로 마주하고 있다.

참 우습게도 뻔뻔하구나! 넌.

출근 전 화장대에 앉아 거울에 비친 나를 보며 속으로 연신 지껄이고 있다. 고데기로 머리 말며 "엄마, 예쁘게 해줘요", 아이브로우 펜슬로 눈썹의 빈 부분을 채우고, 스크류 브러쉬로 눈썹 결따라 살살 빗어 정리하며 "엄마 눈썹 예쁘게 그려줘요" 하면 긍이가 손질한 듯 흡족하게 마무리 되어 갔다.

'지금쯤이면 뷰티아티스트가 되어 기법을 능숙하게 할 때인데, 딸 손길이 나를 예쁘게 정리해주고 있었구나. 엄마 손 꽉 잡고서는 분주한 손놀림을 하면서 말이야.'

그렇게 아침부터 치장한 나는 출근하여 활짝 웃으며 일을 한다. 그 웃음에 속으로는 일침을 가한다.

'뭐가 그리 좋더냐.'

그리운 길은 _____
참으로 모질다

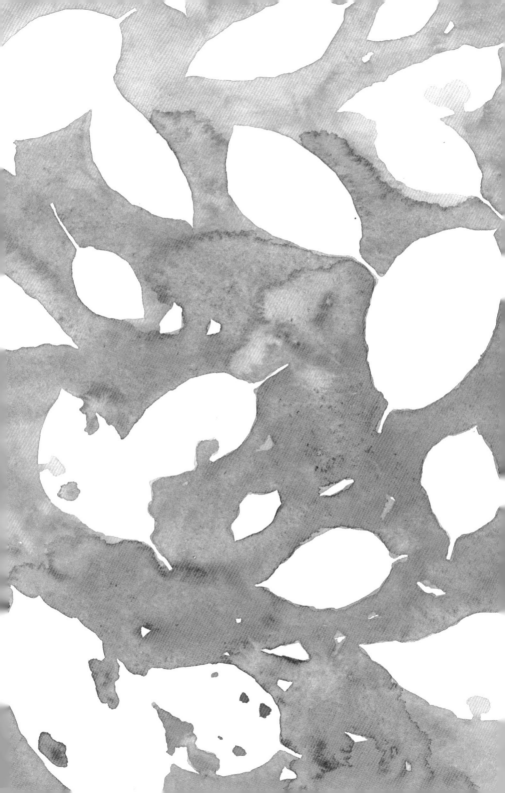

아크릴판에 비친 내 모습에 대고 인격을 깎아내리고 육두문자까지 써가며 욕을 퍼붓는다. 내 행동은 나로 하여금 비난의 화살을 주고받고 있었지만 내 얼굴은 아랑곳하지 않고 환한 웃음으로 맞서고 있다.

웃음으로 일하면서도 눈앞에 딸을 세워놓은 듯 말하고 바라보며 손짓도 해보지만 이 모든 광경이 머릿속에서 그려지는 모습일 뿐이다. 가끔은 침통한 마음에 울컥 올라오는 눈물도 간신히 끊어놓고 누가 볼세라 아무렇지도 않은 듯 웃는다.

넌, 참 어쩌면 좋을까! 웃고 있으니 말이다.

미안하다 딸 이런 모습으로 있어서 ….

사실 일을 하면서 내 속에 든 슬픔이란 아우성을 표출하는 것은 굉장히 조심스럽다. 그런 건 동료에게 피해를 줄 뿐이다. 내 감정만 앞세운다면 나는 일을 그만두어야 하는 것이다.

딸이 살았던, 딸이 남겨준, 엄마가 살아가야 할 시간의 세상에서 일하는 순간만큼은 살기위한 몸부림을 방패로 삼아야 하는 것이다. 나도 어쩔 수 없는 이기적인 인간에 불과하다고 인정해야만 한다.

일을 마칠 때까지 하루 내내 정면 돌파한 싸움에서 여지없이 현실이 이겼다. 나란 인간이 우스워지는 심정을 아무도 읽지 못할 것이다.

치장한 엄마가 활짝 웃으며 일한 하루를 미안해하며 집으로 가는 걸음은 역시 그 날의 바다를 찾아가고 있다. 발뒤꿈치로 그 날을 짓밟고 가는 내 모습은 환하게 웃으며 일한 하루와는 대조적이다.

그리운 길은 _____
참으로 모질다

개나리꽃
벚꽃

매서운 바람과 눈 덮인 비탈 응달에서도 끈질기게 생명력을 잡아당기고 있겠지. 개나리는.

아파트 단지 내 하얗게 핀 꽃이 너무 예뻐서 찰칵 사진을 찍었었지. 벚꽃을.

누구나 한 번쯤 꽃을 보고 예쁘다는 감정에 이끌려 순간적으로 그 곳에 멈춰 서는 경우가 있는데 나도 그랬다. 보고 싶은 딸도 벚꽃이 만발한 나무 아래 소녀 감성을 잠시 머물게 했던 사진이 있다. 그 사진을 보며 나를 멈춰 서게 했던 그 꽃을 말하려 한다.

노랗게 피기 시작했다. 그것도 분명 응달진 곳이다. 왠지 비탈지고 응달인 기슭에 피어오르기 시작하는 노란 개나리가 내 맘을 잡아당겨 가던 발길을 멈춰 세웠다. 아무리 봐도 하루 종일 햇빛이 닿지 않을 것 같은 기슭이다. 아마도 산비탈 응달에도 잠시나마 햇살을 가느다랗게 쏘아주고 간 따뜻함이 있나보다. 마치 개나리에 쐐기가 달라붙어 따끔거리고 두툼하게 부어 오른 것을 봄이라는 의사의 치유로 노랗게 꽃을 피워 번져가는 중인 것 같다. 햇빛이라곤 전혀 들지 않는 곳에 피어난 개나리를 보며, 자연의 섭

리를 다시금 신기해하며 주머니에서 핸드폰을 꺼내 단번에 담았다. 그리고 사진을 긍이에게 보냈지.

"개나리꽃이 피었다. 봄이야."

"엄마, 어딘데."

"응, 2공장에 갔다가 1공장으로 가는 중."

"2공장엔 왜 갔는데."

"응, 업체 거래명세서 갖다 줬지."

우린 그렇게 짧은 대화를 했었다.

그리고 하얗게 폈던. 활짝 펴서 너무 환하게 느껴지는 아파트 단지 4월의 벚꽃을 스스럼없이 한 컷 찍었지.

"우리 아파트 단지 벚꽃이야" 했지.

사진 속 벚꽃은 긍이가 열일곱 해를 보았던 아파트의 벚꽃이었지.

그리운 딸이 봄꽃에 잠시 섰던 날의 사진을 보며 딸 있는 그 곳이 어딘지는 모르지만 소녀 감정을 어김없이 머물게 하는 아름다운 곳이길 바라며 엄마 손길로 쓰다듬어 본다.

개나리를 벚꽃을 고개 들어 유심히 본지가 언제인지, 예쁜 딸 아프게 보내고 한 번도 그러질 못했다. 긍이도 그러니까.

그래서 예쁜 꽃을 보면서도 예쁘다는 생각이 들지 않을 정도로 내 감정은 메말라졌다.

그날 이후, 난 마음의 문을 스스로 닫으려 하는 것 같다.

보고프다_마흔셋

숫자 18의
조합

세상이 변해도 가슴에서 울어대는 딸 이름. 마음속에서 그 이름을 부르며 절규하는, 항상 뇌리에 떠나지 않는 그리움은 변하지 않은 채 나와 함께 있다.

그 해.
그 달.
그 날.
그 요일 아침이후부터.

일에 파묻혀 눈은 컴퓨터를 보고 손은 타이핑을 쳐대고 있지만 머릿속은 온통 내 딸을 찾아가고 있다. 눈물이 그렁그렁 차오르는데 참아내려는 인내심은 부족하다 못해 어깨를 더 들썩이게 만들었지. 하던 일을 잠시 놓고 책상에 엎드려 얼마간 나를 내버려뒀다.

혼자서 이겨내는 연습을 한다지만 이겨 낼 재간이 있는 아픔이 아니니 잠시나마 팽개쳐 버리는 것도 괜찮다. 그렇게 나로부터 버림받는 중에도 곁에 없는 딸과 그리움에 연관된 작은 점 하나라도 찾아보려 생각은 활보하

그리운 길은 _____
참으로 모질다

고 있었다.

그러다가 연관성 있는, 아니 가장 골이 깊은 세월호 참사 연월일을 메모지에 써보고 또 쓴다. 이렇게 종이 위에 그 시간을 묶어놓는다. 볼펜에 힘이 실려 꾹꾹 눌린 숫자가 넓은 범위로 흩어져 가고 있었다.

그렇게 참사일자에 골몰히 빠져 있었다.

빠져 들어 뚫어져라 보고 있었을 때 2014. 4.16을 하나하나 더해가기 시작했다.

2+0+1+4+4+1+6=18

순간 고 2도 실상은 18살인데. 나는 남편에게 톡을 보냈다.

'이것 봐, 아이들 참사당일 더해보니 숫자가 18이야. 그리고 고2도 18살이지.'

톡을 보내놓고 숫자를 뚫어져라 보면서 그럼 우리 딸과 같은 1997년생은 전前, 후後 년도의 4월 16일도 나이가 같은 거고. 갑자기 놀랍기도 했다.

이럴 수도 있는 숫자 조합이 우연이라 하더라도 흔하지 않은 일치였다.

나는 해가 바뀌는 연도를 이입하면서 덧셈을 계속 이어가 봤다.

2019년 4월 16일. 즉 2+0+1+9+4+1+6=23.

2019년 4월 16일, 5주기를 맞는 세월호 참사 250명 아이들 나이가 23살이다. 우연의 일치 조합은 여기서 멈춘다. (물론 250명의 아이들 중 빠른 1998년생도 있겠지만 숫자를 계산하던 순간만큼은 아무 생각도 없었다.)

엄마의 뇌리는 한시도 보고픈 딸을 놓아보질 않는다.

그래서 그날에 자꾸 매달려 있는 것이다. 나중에 지인에게 들은 이야기지만 나처럼 숫자를 더했던 누군가의 글을 보았다고 했다. 나와 같은 생각을 하신 분이 있기는 있나 보다. 참혹하게 떠난 아이들을 기억해주는 마음이라 생각한다.

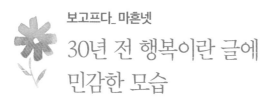

30년 전 행복이란 글에
민감한 모습

책장을 정리하다보니 빨간 스프링노트가 보였다.

전혀 기억에 없는 스프링노트였다.

호기심이란 사람의 마음을 부추겨 불쏘시개를 밀어 넣는 것이다. 서슴지 않고 책장 앞에 서서 한 장을 넘겼다.

'엇, 이거 30년 전 신혼일기잖아.'

첫 글은 신혼여행 후 시댁을 거쳐 친정집에 다녀온 이야기다. 시어머님이 만들어주신 김치와 갖은 양념장을 택시에 싣고 사랑하는 이와 독산동 보금자리로 왔다는 내용으로 지금 글씨체와는 조금 다르다. 새삼스럽다고 해야 하는지, 기분이 참 묘했다. 그도 그럴 것이, 정말 까맣게 잊고 있었던 노트니까.

노트엔 결혼 후 행복하다는 단어가 생활의 양념처럼 곳곳에 스며있다. 스스로 '비공식 시인'이라고 사인한 시 구절은 유치하다는 생각만 들었다. 이런 시까지 썼던 기억은 없는데 일기장에 있으니 쓰긴 쓴 모양이다.

읽고 난 후 '행복하다'란 단어에 민감해졌다. 지금은 행복할까?

오늘 눈에 밟힌 '행복하다'는 2014년 4월 16일부터 존재하지 않았고 느껴지지 않는 단어가 돼 버렸다.

어린 딸에 대한 미안함과 죄인이 된 심정이 앞서기에 늘 가슴이 답답할 뿐이다. 보고 싶은 마음뿐이다. 지나간 시간을 잡아, 살아 있는 딸을 내 품에 안고싶다는 생각만 든다.

그런 상상의 끝에는 우리 네 가족의 웃음이 있다. 때론 의견이 일치되지 않더라도 서로 조율하다보면 멋쩍게 피식 웃어버리고 마는 장면들이다. 내게는 고작 이런 것이, 모든 것을 충족하는 행복이다. 힘들고 지치는 일상에서도 마모되지 않고 잘 맞물려, 삐거덕 소리 없이 돌아가는 것 말이다. 환한 마음을 포장하지 않고 내보이는 기분 말이다.

이제는 그 자연스러운 기분이 담겨있던 행복이라는 그릇을 잃어버렸고, 행복이라는 단어는 내게 떠오르지 않는 언어가 되어버렸다.

여느 때처럼 아침밥 대신 사과 조각을 포크에 찍어 입에 넣어주면 오물오물 먹으며 거울 앞에서 고데기로 정갈하게 머리를 단장했을 때, 거울 속 비친 엄마를 마음 주머니에 매번 쏘옥 넣었을까? 그래서 훗날 '그런 게 행복이었지'라며 스스럼없이 옅은 미소로 대답할 미래 시간 속 어느 구간에 기다리게 만들어 놓았을까?

어째서 엄마도 엄마 딸도 행복해질 권리가 있는데 그걸 빼앗겨버린 세상을 걸어야 하는 걸까.

세상살이가 참으로 모질다.

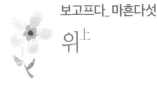

보고프다_마흔다섯

위^上

엄마 딸, 잘 있지.

예쁜 딸 머물고 있는 세상도 크리스마스 흥행작으로 많은 영화를 상영하겠구나. 1,000만 명 돌파! 신기록! 거창하게 들썩이는 그런 영화가 있니? 그렇다면 그 영화를 누구랑 보면서 즐겼을까? 궁금해.

오늘 언니와 둘이 '위'라는 것에 대해서 생각하게 만드는 영화를 봤단다.

어떤 사물을 보고 판단하는 것은 누구나 자유롭게 말할 수 있는 것이지 않니? 엄마는 영화를 보고 남들과 조금 다른 면으로 생각을 했다는 이야기를 하려고 한다. 아마도 예쁜 내 딸을 곁에서 떠나보내고 마음을 할퀸 상처가 아물지 않기에 영화 속 몇 장면이 그 영화의 전부가 되어 엄마에게 스며들었나 보다.

이 영화 〈라스트 크리스마스〉의 톰은 크리스마스이브에 사고로 죽었고 그 심장을 다른 사람에게 이식해 주었어. 이식을 받은 사람은 게이트였단다. 그런데 게이트에게는 이미 이 세상 사람이 아닌 톰이 보였고, 사랑하는 감정을 가지게 되었지. 그러나 톰은 이미 현실에 존재하지 않는 사람임을

160

그리운 길은 _____
참으로 모질다

알게 된단다.

마지막 만남에서 톰이 사라지는 모습을 보면서 영화 속 몇 컷이 가리킨 '위'는 산 사람이 살고 있는 곳이 아닌 돌아오지 못하는 곳을 말하는 것이 아닌가 싶었다. '세상을 떠나버린 사람에 대해 기억해야 할 당신의 몫을 인지하라는 것 아닐까' 하고 엄마만의 판단을 했단다.

집으로 돌아오는 버스는 끊기고 서성거리다 다가오는 택시에 승차하자마자 언니에게 두서없는 말을 내뱉었지.

"톰이 자꾸만 게이트에게 '위'를 보라고 한 것은 이 세상 사람이 아니라는 것을 의미했던 것인가 봐."

"그런가 봐, 마지막 내용을 보니."

언니가 답했지.

언니도 엄마처럼 끝날 무렵에야 그 사인을 이해했나 봐.

초반에는 톰이 '위'를 보라며 가리킬 때 아무 의미 없는 제스처로 넘겼지. 장난기 발동으로 말이야. 아니면 원래 설정대로 영화 맥락의 한 컷 부분을 가리킨 물체를 의도했을 수도 있었을지 모르고. 또는 사람이 죽으면 다들 하늘나라에 있다고 말하는 것처럼 그 하늘을 올려다보는 잠깐의 시간을 주었을지도 모르지.

엄마도 영화가 보여준 소중한 시간처럼 욕심을 부려 상상해본단다.

예쁜 딸 꿈대로 메이크업 아티스트가 되어 사람들의 아름다움을 잘 표현해주어 환한 미소를 짓게 만드는 모습. 부드러운 손 마사지로 사람들의 주름진 피부에 자신감을 넣어 주는 모습. 아니면 유명한 화장품회사 연구원으로 입사하여 커리어우먼으로서의 입지를 다진 모습… 돈 많이 벌어 아빠, 엄마 해외여행 보내주겠다던 너의 목표, 그런 것들을 말이야.

게이트 눈에만 톰이 보였듯 엄마에게만 딸이 보인다면? 이루지 못한 너의 꿈을 이루는 장면이 보인다면? 그렇게 가슴이 터질 것 같은 생각을 하면서 내 딸도 '위'에서 잘 지켜보고 있었으면 하는 생각을 했단다.

보고프다_ 마흔여섯

2019년
12월 31일

나는 울고 있었다.

나는 울부짖고 있었다.

나는 주저앉아 버린 자리에서 목 놓아 울고 있었다.

꿈에서.

누구나 꿈을 꾼다.

꿈이란 잠자는 동안에 깨어 있을 때와 마찬가지로 여러 가지 사물을 보고 듣는 정신 현상이라 사전에 적혀 있다. 아침에 일어나 잠들기 전까지 한없이 보고 싶은 마음에 이따금 딸을 꿈에서 꿈처럼 만난다. 때론 험난한 골짜기를 헤매며 찾아가거나, 긴가민가할 정도로 불확실한 모습이지만 나는 딸이란 걸 알지.

아장아장 웃으며 걷는 아기였다가, 고등학생으로 아침밥을 먹는 모습이기도 하다. 계란 반찬이 맛있냐고 물으니 맛있다고 말해주던 모습 그리고 어린 내 딸을 내 품에서 떠나보내는 ….

오늘도 난 "은경 엄마"하며 내 몸을 흔들어 깨우기는 소리에 눈을 떴다.

"왜, 울어. 무슨 일이야"

놀란 기색이 역력한 소리다.

사실 내 귀에도 무척이나 거칠게 숨 쉬며 우는 내 소리가 들렸다.

들리는 소리에 눈을 떠보려 하는데 도무지 의지대로 되지 않았다. 꽉 잠겨버린 눈꺼풀은 풀리지 않았고, 꿈 속에서는 여전히 절규하고 있었다. 꿈 속 몸부림은 그대로 현실로 이어진 길을 따라 나왔고, 결국 거친 숨소리와 흐느끼는 울음은 남편이 흔들며 깨우는 소리에 겨우 깨어났다. 눈물이 흐르고 있었다.

"꿈 꿨구나."

2019년을 마무리하는 12월 31일 아침 5시 25분.

아이들을 찾으러 사람들과 함께 길을 나섰어.

산길로 접어들어 가다가 누군가 사진을 발견했다기에 뛰어가 보니 우리 궁이 사진이야. 사람들이 뭔가 잘못되었다고 전해주는 말에 사진을 부둥켜안고 털썩 주저앉아 몸부림치며 우는 내가 보였어.

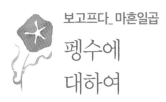

펭수에
대하여

2019년은 펭수라는 펭귄 캐릭터가 대인기몰이로 그 열기는 식을 줄 모르고 있다. 그 여세는 어김없이 우리 집도 피해가지 못했고 펭수 달력 두 개를 샀다며 하나는 혜경이 방에 놓으라고 한다.

"펭수 달력이 뭔데."

"엄마, 몰라? 요즘 엄청 인기 있는 거야"

핸드폰을 보여주며 "이게 바로 펭수야" 한다.

"에이 아무것도 아니네."

딸에게 보낸 반응은 감정 없음 자체였다.

참으로 우습다.

나도 똑같은 시대에 있거늘, 인기몰이 캐릭터가 세상 돌아가는 한 순간을 꽉 붙들고 어린아이부터 다양한 연령층에게 잠시나마 웃음 혹은 희망과 용기 같은 힘을 북돋아 주고 있는데 아는 바가 전무했으니 시대에 뒤떨어졌나 싶다.

지인에게 펭수에 대한 얘기를 꺼내니 "언니, 펭수 괜찮지 않아요? 요즘 다들 지치는데 공감이 되는 내용도 있고, 그냥 편하게 받아들이면서 보는 것도 좋아요. 나도 괜찮던데" 한다.

많은 이들이 좋아하는 펭수 달력이 왔다. 그런데 두 개 중 한 개가 자석 불량인지 붙지 않는다. 딸에게 냉큼 문자를 보냈더니, '송장 있으니까 괜찮다'며 잘 놔두라는 답변이 왔다. 그새 송장은 버렸다고 답했다.

딸이 퇴근해 불량상태를 확인하면서 자신은 나중에 갖는다며 동생 방에 먼저 놓으라고 한다. 아쉬워하는 표정이다. 반송했다가 다시 돌아오기까지는 시간이 걸릴 것이다. 단박에 받은 펭수는 동생에게 양보하는 큰 딸. 그동안 작은 딸 방에 무한도전 달력이 차지했던 자리에 펭수가 대신 놓였고 언니 덕분에 방은 새로운 캐릭터로 채워졌다.

나는 1월에서 12월까지 한 장 한 장 넘겨가며 펭수가 말했던 말들을 읽었다. 복잡하거나 어려운 말이 아니라 편하게 스며드는 거침없는 글이었다. 사이다처럼 시원한 위로가 되었다. 그러다 나를 반성하게 되었다.

가끔 큰 딸이 힘들다 말하면 '힘들지. 근데 다들 그렇게 지내. 누가 쉽게 돈을 주냐?' 했던 말이 문득 떠올랐던 것이다. 힘들다는 딸을 안아주면서 '우리 딸. 사랑해, 지쳤구나' 하며 토닥토닥 다독여 주면 좋았을 것. 따뜻한 손길을 보냈으면 좋았을 것. 엄마임에도 불구하고 직장상사처럼 독한 사회의 맛만 알려준 사람으로 남게 된 것 아닌가 싶었다.

큰 딸이 겪는 것처럼 사회인으로서 고된 일과 마주치는 많은 상황 속에서 펭수는 폭풍같은 애교를 보여주거나 위로가 되는 말을 서슴없이 했다. 그래서 큰 딸은 그렇게도 펭수 달력을 빨리 받아보고 싶어 했던 것일까?

나도 큰 딸을 펭수처럼 토닥여주고 싶다. 하지만 요즘 큰 딸은 "엄마, 얼른 들어가 자. 안 나와도 돼" 하며 내 배웅을 마다하기는 하지만 말이다. 그래서 퇴근한 큰 딸에게 '수고했어요'는 꼭 해준다.

흉터를 남긴
유리구두

딱, 딱. 한 발 한 발.
딱딱, 딱딱. 한 걸음 두 걸음.
어느 날 호기심이라는 발동은 언니 유리구두에 쏠리고 있었지.
현관에서 언니 유리구두를 신고 왔다갔다 즐기고 있다.

시골집 시대 들어서기 전 대문 빗장이 활짝 열려 안채 마루까지 훤히 보
이는 것처럼 날이 따뜻해지면, 우리 집 빗장 없는 현관문 빗장을 활짝 열고
지낸다. 그러다 보니 우리 아이 또래를 키우는 앞집과 흉허물 없이 서로 현
관문을 보란 듯이 열어놓고 산다.

사람 사는 냄새 다 같으니 자연스럽게 왔다갔다 싫은 내색 없이 예뻐해
주고, 인정^{人情} 있게 지내는 이웃사촌지간으로 딸들 어린시기엔 마음의 빗장
마저 항상 열어놓았다.

하루는 저녁준비에 앞서 청소를 말끔히 하려고 두 딸에게 놀이터 가서
놀다 오라고 했다. 모든 집안일을 마치고 나서 목욕시킬 요량으로 나름 짜
놓은 계획대로 두 딸을 유인했다.

딱딱, 딱딱, 딱딱

곧이어 걸음을 멈춘 딸아이 목소리가 들렸다.

"아줌마~"

그리고 잠시 뒤 "왜 그래~" 하는 웃으며 화답해 주는 소리가 열린 현관을 거쳐 청소에 열중인 내 귀에 닿았다. 문간에 서 있는 딸아이를 향해 "들어와" 하니 언니의 유리구두를 신고 들어섰다. 한참을 말 시키는 아줌마 꽁무니 따라다니며 아들 있는 아줌마에게 딸 같은 감정은 아니었을 테지만 딸은 아들과는 달리 색다른 면을 맛보기로 보여줬던 시간들.

"혜경이, 유리구두 신고 넘어지지 않아? 넘어지면 다치는데…"

아줌마 걱정 섞인 말도 행동에 취해버린 욕구에는 기우에 불과했다.

아줌마 집에서 나온 딸아이 혜경이는 언니랑 놀이터로 향했고, 기어코 엘리베이터를 타고 12층을 쪼르르 내려간 놀이터에서 일은 터지고 말았다.

한창 집안일에 열중이었는데 엘리베이터 한 층 두 층 올라올수록 울음소리가 들렸다. 그 소리가 내 귀에 닿는 순간 단박에 내 새끼 울음인 것을 알았다. 하던 일을 멈추고 엘리베이터 앞으로 달려갔고, 엘리베이터 문이 열리는 순간 딸아이 얼굴에 피가 많은 걸 보았다. 깜짝 놀라 무슨 일이냐 물으니, 큰딸이 대답했다.

"엄마, 혜경이 유리구두 거꾸로 신고 놀이터에서 집에 오려고 계단 오르다가 넘어졌어."

얼른 안아 집으로 들어가 찬찬히 씻기고, '후시딘' 연고를 조심스럽게 발라주었다. 그리고 딸아이를 바라보니 그제서야 마음이 아파왔다.

얼마나 쓰라린 아픔이 화끈화끈거릴까. 그래도 엄마로 인해 위로가 되었는지 긴 울음으로 가지는 않았다. 결국 맞지 않는 신발에 대한 앞집 아줌마의 걱정스런 예견은 기우가 아닌 현실이 되었다. 예쁜 얼굴의 콧등과 코밑을 시멘트 바닥이 할퀴었고, 상처엔 빨간 핏기가 지혈된 상태로 무심하게 자리하고 말았다.

나는 다쳐서 놀랐을 딸에게 화도 내지 못하고 괜히 놀다 오라고 한 나 자신에게 짜증이 나 있었다. 뭔 청소에 목숨이라도 걸고 있는지 그놈의 성질머리 때문에 애꿎은 딸만 아프게 했으며, 자다가 놀라면 어쩌나 싶었다.

쉽사리 가시지 않은 상처로 시골집에 갔더니 '너도 참 극성맞다'란 소리를 들었다. 사실은 아주 얌전한데 말이다. '많이 아팠겠구나. 어쩌다 다쳤니?' 하는 말씀이라도 주셨더라면 자식 키우는 엄마는 덜 서운했을 것인데, 옹졸한 나는 지금껏 쪼그리고 어느 순간 뛸 기세다.

옹졸함이 내게 남아 있듯 사무치도록 그리운 딸 코밑 역시 흉터가 남았다. 그러니 내심 속상한 마음은 늘 기억 한편 쪼그리고 있으며, 5살 여름날 사진을 보면 극성맞다는 그날이 절로 뜀박질하여 달려든다.

혜경이가 언니의 유리구두를 신을 무슨 까닭이라도 있었을까? 아무리 생각해도 단지 그게 신어보고 싶었던 마음이 전부였다. 그 흉터를 콧등에 새긴 무법자 블랙헤드 때문에 보았을 때 가여운 마음에 속이 상했고, 언제쯤 흉터가 옅어질까 했었다.

잊지 않는
우정

아침이면 아빠나 언니보다 30~40분 일찍 일어나 화장실을 차지해선 편안하게 사용했다. 서로가 겹치는 불편함을 피하고자 나름 방안을 모색했던 모양이다.

젖은 머리카락은 헤어드라이기의 요란한 소리와 어우러져 한껏 나풀거리도록 바쁜 손놀림으로 쓰다듬고, 고대기로 간결하게 열코팅 해주었지. 긴 머리를.

딸아이는 어느 날 싹둑 단발머리 소녀로 변신을 했다.
"엄마, 어때? 예뻐?"
"에이, 왜 긴머리 하지. 후회 안 했어."
"아니, 그냥 한번 자르고 싶었어."
'그냥 한번 자른' 모습을 손바닥에 살며시 얹어 '두 눈 지그시 감고 입꼬리 위로 올라가는 입술을 예쁘고 아름다운 미소를 담은 사진'을 핸드폰에 담았다.

생때같은 내 새끼랑 이별하고 꽤 긴 시간 카톡 프로필에 그 사진을 배경으로 삼았다. 그런데 딸아이와 아주 친한 친구 인서도 그 사진이 무척이나 인상에 남는 듯했다. 인서는 딸아이 모습을 쏙 빼닮은 얼굴을 그려 무드등으로 만들기까지 했다.

인서와는 중학교 때도 절친했으며, 고등학교 땐 2학년 들어 같은 반이 되었고, 그 사실을 무척이나 좋아했었다. 얼마나 좋았으면 한날은 딸아이가 말했다.

"엄마, 이거 입수한 거야. 인서랑 같은 반이야. 발표는 아직 멀었지만."

"혜경이, 인서를 많이 좋아하는구나."

"응, 인서 공부도 잘 해. 영어도 잘 하구."

그렇게 좋아하는 인서가 혜경이 떠난 기억교실 책상에 손수 만든 값진 선물을 놓았다.

그 값진 선물이 놓인 책상은 또 다른 친한 친구였던 하영이와 혜경이의 생일 축하파티를 해주던 곳으로 우정이 남아 있는 10대 소녀들의 자리였다.

그런가 하면 책상과 의자에 긁히거나 페인 흠집 어딘가에 지금도 교복, 체육복에서 떨어진 먼지 몇 톨이 콕 박혀 오도 가도 못하고 그대로 있을지 모른다. 그곳에 놓았다.

짧은 몇 개월 한 교실에서 함께 공유했던 인서와 친구들의 함성이, 흔적이 머문 책상에, 그곳에 있다.

인서는 불이 들어오면 아주 예쁘다고 한다. 아쉽게도 기억교실엔 별도의 전기코드가 없어서 켜놓지 못한다는 아쉬움이 있다. 하지만 집으로 가져가도 좋다며, 혜경이 언니까지 생각하면서 만들었다고 하는데 곰곰 생각해보니 오히려 기억교실이 좋을 것 같아 그대로 놓기로 했다.

사실 인서도 트라우마와 싸우고 있을 것이다. 내가 힘들어하는 만큼 우리 딸이 넘넘 좋아한 친구도 많이 힘든 시간에 서 있을 것이다. 그래도 항상 밝

그리운 길은 _____
참으로 모질다

은 불 은은하게 밝혀주고픈 사랑하는 우정의 손길이 실선 하나, 하나 그려지고 그려지는 선 따라 얼굴 윤곽, 사진 속 그대로 본떠 표면화될 때까지 함께 웃고, 떠들고, 좋았던 학창 시절을 예쁘게 후후 불어넣었을 것이다.

'혜경아, 너랑 나랑 그리고 우리들 추억 기억하지'라며 우리 혜경이가 엄마에게 인서 자랑을 하는 것처럼 인서도 마음속에 남다른 아름다운 우정을 잊지 않고, 사실 그대로 손끝에 전율을 레이저처럼 쏘아 아름답게 미소 짓는 단발머리 소녀 그대로 입혀졌다.

여백의 미를 한껏 살려낸 'TO Hyekyong'이라 써진 무드등. 불이 들어오는 날에는 콕 박혀버린 잔재들이 반짝반짝 빛났으면 참 좋겠다. 반짝거리는 잔재는 마치 밤에 빛을 내는 반딧불이처럼 혜경이 책상을 시작으로 기억교실 전체가 화려하게 수놓아진다면, 그리곤 반짝반짝 빛이 말했다.

'야, 내가 좋아하는 인서가 준비한 자리다. 너희도 아는 친구지. 인서에게 고맙다고 더 빛내보자 애들아.'

커진 등을 보진 않았지만 왠지 우리 딸 그린 선을 따라 불빛이 생동감 있게 형상화된 입체감 아닐까, 하는 상상을 한다.

시간이 켜켜이 덧대어 세월이라는 많은 날의 숫자로 묵직이 묵은 그것이 똬리를 틀어 한없이 쌓이고 있다. 쌓이고 쌓여가는 그 지나감에도 우리 딸 있던 여기는 잊지 않고 우정 씨앗 한 알 두 알 심어놓는 아름다운 친구가 있다.

그런 친구를 곁에 두고 있었다. 혜경이는.

보고프다 쉰

꽃

소녀도 보고 있을까.

소녀도 그 때 이맘때 시간을 거닐까.

소녀도 하얀 꽃비가 나리는 그루 아래서 웃고 있을까.

소녀는 한 발 내밀다 멈칫, 사방으로 흩어져 떨어진 꽃잎, 그 자리에 웅크려 앉아 조용히 눈맞춤 하는 중일까.

소녀의 눈으로 보았던 소녀는 기억할까.

소녀가 보았던 풍경

여긴 그대로 변함없거늘.

어찌 소녀는 ….

누구나 한 번쯤 '꽃'이라 불리는 식물에 시선 집중되어 차분한 아니면 호들갑떠는 구사로 예쁨을 예찬하는 진행자를 했었다. 진행자는 때와 장소를 가리지 않고 즉흥적으로 터져 나오는 찬사를 아끼지 않는다.

봉긋 오르거나, 한 꺼풀 살포시 폈거나, 겹겹이 에워싼 얇은 피막 속내 활짝 드리우고 꽃술과 함께 아무런 내색 없이 무심하게 있어도 지나가는 뭇

그리운 길은 _____
참으로 모질다

누군가를 세워둔다.

잠시 멈춘 누군가는 활짝 드리운 꽃을 코끝에 끌어들여 숨 한번 크게 들이켜 겨우내 무딘 후각을 깨운다.

'향기가 난다. 요건 향기가 없네.'

그런가 하면 따뜻한 바람결을 살갗에 쐬러 나왔던 일곱 살 정도 여아는 작은 손으로 철쭉꽃에 악수를 청하고, 아이 엄마는 손에 든 핸드폰으로 사진작가 부럽지 않을 정도로 각도 조정 중이다. 아마도 코로나19 바이러스 여파로 사회적 거리두기 캠페인에 발맞춰 집콕하다 잠시 벗어난 반짝 일탈 나들이 아닌가 싶다.

40대 중반쯤 되었을까. 집으로 가는 단지 내 정사각형 블록, 맞춤규칙에 벗어나면 큰일 벌어질까 질서정연하게 끼워진 블록 길에 사계절 중 냉(冷)의 대표주자인 겨울을 억세게 버텨 꽃으로 피어나 예쁜 칭송 눈 깜짝할 사이 다 받고 따사로운 바람하모니 타고 꽃 수명 다했던 날, 낙화한 벚꽃이 맘에 걸렸을까, 웅크려 앉아 핸드폰 카메라가 블록에 닿을까 말까 사진 담고 있다.

연도상가길 화단엔 노랑 민들레꽃을 만지작거리는 꼬맹이 남아는 꽃잎이 망가지는 줄도 모르고 있다. 아직 아빠나 엄마에게 민들레홀씨 날리는 법을 배우지 못했나보다. 바로 옆 홀씨는 누군가의 입김에 후후 날아가고픈 추억거리 만들어주고파 안달복달하는 줄도 모르고 말이다. 어느 미세먼지 없는 화창한 봄날에 눈에 띈 뭇사람들 정서다.

벚꽃이 꽃으로서 생명을 다하여 지나쳐가는 사람들 발길을 잡아도 나는 눈빛조차 주지 않았다. 단지 외출하던 길 발아래 벚꽃 잎을 어쩔 수 없이 밟고 지나가는 것, 그게 전부였다. 그런데 이상하리만큼 낙화한 벚꽃을 밟으면 마음이 아프다고 해야 할까. 6년 전 나도 뭇 누군가 중 한통속이었는데 말이다. 그 한통속에서 멀찍이 뒤로 선 나는 때 아닌 '꽃'을 보고 있다.

꽃말이 이루어질 수 없는 사랑이란다. 스카비오사 꽃. 누가 스카비오사 꽃에 이루지 못한다는 슬픈 이야기를 부여했을까. 대체 이 꽃을 처음 본 사람은 어떤 사연에 처했을 때 눈앞에 보였을까.

우리 큰 딸도 이 꽃에 이끌려 샀을까. 카페에서 샀다며 부엌 싱크대 언저리에 놓아 설거지하면서 연보라빛 꽃과 상견하고 있다.

'스카비오사 꽃, 나도 현실이란 세상 속 지금 당장, 가장 소중한 보물 작은 딸과의 사랑이 이루어질 수가 없단다.'

보고프다_ 쉰하나

아프게 보냈던 한 달,
딸을 보내고 다시 맞은 아픔

온 몸이 아팠다. 내 육신 다 쑤셨다.

꼬박 한 달, 12월 한 달을 속앓이하며 앓았다.

'시간이 지나면 괜찮겠지' 하고 마음을 다스리며 병원에도 가지 않고 그렇게 한 달을 견딘 이후 씻은 듯이 나았다.

살아오면서 이날 이때까지 아프지 않았다. 그런데 그런 내게 가장 아픈 곳이 생겼다. 자식을 가슴에 묻어두고 살아가는, 완치되지 않는 불치병이 생겨 가슴이 답답해 주먹 쥔 손으로 쾅쾅 쳐대는 병이 생겼다.

불치병은 너무 보고 싶어서 눈물로 그날그날을 이어놓았고, 눈물로 엮어진 지난 시간들 고리엔 내 어린 딸과의 기억만이 있을 뿐 극약처방이 될 수 있는 '엄마' 하고 불러주는 목소리 주인공이 현실엔 없다.

그렇기에 불치병은 트라우마다. 죽는 날까지 고이 간직하고 있어야 하는 내 딸을 그리워하는 엄마이기에 가끔씩 몸뚱이에 이날 이때까지 없었던 반응들이 이따금 나타난다. 그 반응을 혼자 삭이는 법에 치중하는데, 미련하다지만 그러고 싶다.

그리운 길은 _____
참으로 모질다

갑자기 유난히도 젖몸살하듯 조금만 스쳐도 아팠고, 이상하게 아래도 불편했다. 문득 산달이 되면 몸이 아프다는 풍문을 들은 적이 있는데, '나도 그런가?' 하는 의구심과 '그래 그런 거야.' 하고 스스로 결정을 내리고는 달리 조급해 하지도 겁도 내지 않았다.

고집부리는 내게 참는 게 능사가 아니라며 병원을 가보자고 권유하는 걱정도 "낫겠지" 하며 뒤로 내몰아버렸다. 그런 나에게 병을 키운다며 유별나게 고집이 세다는 둥 구시렁거리는 남편의 염려를 '괜찮아'로 일관했다.

그렇게 보름쯤 지나서야 차도가 있었다. 난 이런 게 정말 산달에 느껴지는 몸의 반응으로 어불성설은 아닌가보다 생각해 지인들에게 물었더니 동년배인 누군가 어디서 들은 것 같다고 했다.

오직 귀동냥에 의지한 약간의 위안 처방이랄까. 그럴싸한 맹신이기도 했던 그 맹신을 명의나 좋은 약을 소개받을 수 있다는 뜻인 '병은 소문을 내야 낫는다.'는 말과는 무관하지만 어쨌거나 고심하며 지내다가 털어놓은 해답은 경험자가 있었다는 믿을 만한 정보였다.

혹 있을 수 있는 산달이 되면 유독 몸이 아픈 것처럼 여태껏 아무렇지도 않던 내게 갑자기 생길 수도 있던 유형으로 반응이 찾아와 속앓이하며 시간을 보내다 서서히 가라앉고 있었다.

아무런 조치도 하지 않은 채 흐르는 시간에 몸뚱이 맡겨놓고, 그 순간만큼은 매달려 있을 수밖에 없는 이유는 12월 5일이 사무치도록 보고 싶은 딸을 낳았기 때문이다.

아이가 태어났을 때 검사가 필요하다는 말에 깜짝 놀라 무슨 일이냐 물었더니 얼굴이 한쪽으로 치우쳤다며 별일은 아니지만 검사를 좀 해야겠다고 했다. 갓 태어나 뜬금없는 검사까지 받은 아기는 모유수유도 하지 않았는데 황달기가 있어 며칠간 남편만 병원에 가서 아기를 보았다. 난 냉정하게 아기를 남기고 집에 머물던 시간이 딸이 없는 빈자리에서 잘해주지 못한 것 중 하나로 지금도 쿡쿡 가슴을 찌른다.

그 시간 속으로 되짚어가 꼬박 한 달 12월 5일 갓 태어난 아가를 안아주고, 온 힘을 다해 젖을 빨고 있을 때 피부에 닿는 조그만 입 촉감에 행복해하며 아가를 바라보는, 거기에 홀로 삭이는 엄마여야 했다.

아가야, 사랑한다. 엄마가.

그 아기가 정말 예쁘고 건강하게 자라 고등학교 2학년 막 올라갔을 때 엄마 곁을 떠나서 엄마는 죄인이 되었다. 꽃 같은 딸을 엄마보다 먼저 앞세워 보내놓고, 쌓였던 응어리는 '네 자식 낳은 달 니 몸도 치대어 보라고 몸 스스로 반응을 일으킨 것으로 응당하게 받아들였다.

그리운 길은
참으로 모질다

보고프다_쉰둘

아빠의
애착

아빠가 참 미안하다, 혜경아.

엄마 몰래 "이리와, 용돈 줄게" 하던 시간이 바로 아빠 눈앞에 있어도 그건 기억이라는 단어에 갇혀 있구나.

갇힌 기억엔 특별하게 닿는 우리 셋의 시간이 있잖니.

16년 전 혜경이가 초등학교 1학년 때 두 번째로 구입해서 폐차를 하게 되는 현시점에 이상하게 애착이 가는 심정은 아마도 두 딸과 많은 시간을 보냈던 차라 그런가 보다.

그러니까 우리 혜경이가 초등학교 입학하면서 엄마가 주말 알바를 시작했고, 아빤 우리 두 딸 데리고 주말이면 신나게 드라이브하며, 제철 해산물 맛집 찾아 원정을 다녔지. 그러던 어느 해 5월 아빠는 쾅! 해버렸던, 혜경이가 겁에 질려 무척이나 울었던 사건이 엄청 속상했었단다.

왜, 엄마는 쏙 빠진 주말에 '우리끼리' 구봉도에 칼국수 먹으로 갔잖아. 그날은 따뜻한 봄날이었고, 그래서 아빠는 운전하면서 졸음이 쏟아지는 걸 가까스로 참으며 화랑유원지까지 왔는데 순간 조수석에 앉은 언니가 "아

그리운 길은 _____
참으로 모질다

빠!" 하며 큰소리치는 통에 놀라 급브레이크를 밟았지만 이미 선을 넘은 아빠는 신호대기인 차 두 대를 그대로 박고 말았지.

뒷좌석에 누워 잠자고 있던 혜경이는 이미 굴러 떨어졌고, 놀라 밖에 상황을 보더니 아빠가 어떻게 될까 겁먹고 엄청 울었잖아. 그래도 언니는 참 침착하더구나. 그 상황에 놀란 동생에게 아빠 괜찮다며 달래주고 말야.

아빠 졸음운전으로 사고를 냈지만 마음은 얼마나 속상했는지. 하마터면 큰 과오를 범할 뻔했지. 쉽사리 진정되지 않는 마음과 속상함을 속 시원하게 던진다는 말이 엄마한테 뜬금없이 "미안해"라고 전화만 했지. 엄마는 뭔일 있냐고 했지만 아무런 대답도 안 해주고 집에 오면 안다는 궁금증만 남겼잖니. 아빠는 두 딸의 긴장도 풀어주고, 졸음운전 사고에 대한 미안함을 구하는 아이디어를 너희 앞에서 시범삼아 했었잖아.

"엄마 오면 두 손 들어 무릎 꿇고 잘못했어요, 용서해주세요, 해야겠다."

아빠 행동에 사고로 놀란 너희도 웃으며 다소 긴장이 풀리는 기색이 보였지. 드디어 현관문 열리기 직전 엄마 기척에 흠칫 재빠르게 문 앞에서 두 손 들어 무릎 꿇고 있었지. 정면으로 마주친 순간 아빠는 이실직고했고, '다음부터는 조심할게'라는 말로 끝났던 그거 알지.

그나마 언니가 조수석 앉아 잠을 자지 않고 운전자 보조역할을 톡톡히 했으니 망정이지. 그 덕에 천만다행으로 상대편이나 사랑하는 우리 두 딸 모두가 다치지 않았던, 이제야 엄마한테 아빠가 말했지만 졸음을 참지 못해서 내가 눈감고 운전했단다.

이렇게 아빠는 딸 둘과 지낸 주말 당일여행이 엄마와 다르며, 딸들 앞에서 졸음운전으로 '아차' 했던 순간도 잊지 못할 기억시간에 머물러 있단다. 유소년기라 표현하는 것이 맞을지 모르겠다만 아빠 나름대로 두 딸과 눈높이 사랑을 행복하게 농축시킨 공간이 차[₩]라 말하고 싶어. 또, 엄마 몰래 '우리끼리' 작당을 모의한 곳이기도 하잖아.

그만큼 두 딸과 함께한 차를 16년 타다 보니 이곳저곳 땜질하기 일쑤고, 버티고 버텼는데도 쓸 만큼 썼으니 제몫을 다 했다고 삐거덕 달그락 달릴 때마다 신호를 야유 소리처럼 준단다. 그러니 아빠가 새 차를 구입하면서도 지난 모든 흔적이 특별하게 닿은 차를 폐차하는 게 자꾸 마음이 이상한 거야.

아빠가 너무 보고 싶어 하는 딸.

차에 친구와 함께 타면서 했던 말 기억나?

"아빠, 친구 집 찾아갈 수 있지."

그 몇 친구들과 잘 있지? 다음날이면 또 만나는데 뭐가 그렇게 아쉬워 차에서 내린 친구나 딸이나 서로 손 흔들며 보이지 않을 때까지 차안에서 있었지.

아빠가 가장 통화하고 싶은 딸.

데리러 오지 말라 해도 근처에 주차해놓고 문자 보냈잖아.

'아빠가 여기 어디쯤인데 끝나면 이리 와.'

그렇게 둘이서 만나 차에서 장래에 대한 이야기도 했었는데. 아빤 말이야, 지금도 우리 혜경이 데리러 새 차 끌고 갈수가 있는데.

지금 우린 어디쯤 있는 거니. 아빠가 언니보다 한 움큼 더 사랑했던, 지금도 사랑하는 딸, 이젠 졸음운전 안 할게.

그리운 길은
참으로 모질다

보고프다_ 쉰셋

보리, 쌀 놀이

거실에서 놀아주고 있다.

어른 생각은 가끔씩 자신의 옛 모습에 금세 초스피드로 다녀와서는 놀이보따리를 펼쳐놓곤 한다. 놀이보따리 속엔 함께 놀던 어린 시절 친구는 코흘리개 모습으로 과거 속 추억자리에 고정시켰지. 그러곤 놀이보따리가 입에서 풀리며, '아빠가 옛날에 하던 놀이다'라며 펼칠 땐 한 가정의 가장으로 두 딸 앞에 번갈아가며 추억의 놀이로 추억을 만들어 주는 놀이를 했다.

"자, 이 놀이 방법을 말해 볼게. 둘이서 하는데, 혜경이는 아빠랑 언니가 어떻게 하는지 봐봐. 아빠가 이렇게 주먹을 쥐고, 언니는 두 손 벌려 공 잡는 모양을 하는 거야. 아빠가 "보리, 보리." 하면서 언니 손바닥을 들락날락할 때는 주먹을 잡으면 안 돼. 그런데 "쌀" 하면서 손바닥에 들었을 때 언니가 꽉 잡으면 아빠는 진 거지. 어때, 재밌겠지? 이젠 진짜로 하는 거다."

최대한 슬로우 모션으로 진행을 이끈다.

"보~~리!" 하는데 얼른 잡았다.

"어어, 보리인데."

"자, 갑니다. 보~~~리!"

이번엔 꾹 참는다.

"보~~~리, 보~~~~리, 보~~~~~~리" 연거푸 했더니 손이 움찔거렸다. 공 잡을 듯 벌린 작은 손에는 힘이 가해진 듯보였다.

"싸~~~~~~알" 했건만 그냥 있었다.

그 순간 나는 "주먹 잡아야지" 하고 훈수를 뒀지만 이미 물 건너간 아빠의 한판승.

세 번째 도전장이 시작되었다.

"보~~~리!"

아무런 반응이 오지 않았다.

"보리" 단음에 약간 근질, "보~~~~~~리" 빠삭하게 눈치를 챘다는 기색에 "싸~~~~~~알" 소리가 무섭게 꽉 잡혔다. 작은 손이 버겁도록 잡고 있었다.

"아빠 내가 이겼지?"

서로가 웃고 있다.

선수 진영이 바뀌어 아빠는 수비자세로 돌입.

"보~~~~리!"

아무런 기색도 없다.

"보~~~~리, 보~~~~리!"

철통보안으로 큰 손은 꿈적도 않는다. 아빠 따라쟁이 코스로 '쌀' 단음을 외쳤는데 오므리지 않는 아빠 손.

"아빠, 내가 이겼지?"

어유, 방심하고 있었네. 다음엔 "쌀" 하면 꼭 잡아야지.

그럼 어디 잡아봐.

"쌀" 했더니 움찔만 하니 어휴! 잡히는 줄. 여세를 몰아 잽싸게 "보리" 외

그리운 길은 _____
참으로 모질다

치니 속은 아빠는 잡았다, 환호성.

"아빠, 보리인데 보리."

눈치작전을 펼치며 마지막 한방 쌀!

아빠 손에서 가까스로 빠져나왔다. 거의 잡히는 순간이었지만 애써 아빠는 조금씩 풀어주며 빠져나갈 길을 열어주고 있었다.

아빠랑 언니의 놀이를 옆에서 웃으며 보다가 나랑 혜경이도 질세라 시작한다.

언니처럼 작은 손을 벌린 공간에 큰 주먹이 불쑥 "보~~~리!" 하며 입장했지.

주먹을 웃으며 패스.

"보~리, 보~리".

깜박하는 순간 얼른 잡는다.

"쌀이 아닌데 잡았네. 쌀일 때 콱 잡아. 알았지? 혜경아, 시작한다."

"싸~~알" 소리를 딸 얼굴 보며 작은 손으로 갔더니 엄마랑 마주치다 놓치고 말았지.

느리게 "보~~~~리" 했더니 패스.

이번엔 "보리!" 크게 외치니 깜짝 놀라 콱 잡았다. 엄마가 속였지. 얄궂은 나는 몇 번을 감질나게 외치며 빠져나가기 선수를 했지.

드디어 혜경이가 엄마에게 골탕을 먹이게 할 수 있는 기회가 되었다. 하지만 엄마 큰 손은 작디작은 주먹을 쏙쏙 잡으며 서로의 체감을 느끼는 횟수를 빈번하게 즐기고 있다. 공수가 바뀌었지만 어째 엄마 골탕 먹이기가 쉽지 않고, 되레 당하고 있지만 그래도 웃으며 놀이에 빠져 있다. 아이들은 역시 깨끗한 마음 자체다.

한참을 엄마 플레이에 밀려 제대로 골탕다운 맛도 없던 것이 진심이 아니

란 걸 보여주는 수비. 허점을 무한 해제시키고 무조건 잡혀주는 맛을 보여
주기 시작했다. "보~리"라고 느리게 하거나 재빠르게 해도 작은 손을 꼭 잡
아줬지.

"어어. 엄마, 보리야 보리. 내 손잡으면 안 돼."

"아! 엄마가 실수를 자꾸 하네."

신나서 좋아라, 하며 "싸~알" 했는데 입 벌린 큰손은 제 기능도 않고 가만
히 있다.

그렇게 한바탕 놀이엔 '아빠' '엄마' 소리가 끊임없이 울렸고, 사랑하는 예
쁜 두 딸 조막만한 주먹이 잡히려는 순간, 별것도 아닌데 긴장감에 심장이
콩닥콩닥 했을지도 모르는 시간이었을 것이다. 그 콩닥콩닥 안에서 행복한
웃음이 깔깔거렸고, 잠시 서로에게 훈수도 주는 미*를 마음에 달아주며 추
억을 쟁였던 시간이다.

이제 훌쩍 뛰어넘은 지금도 하고자 하면 남은 셋, 할 수가 있다지만 아빠
가 코흘리개 친구 과거 속 추억에 고정했듯 우리 가족은 언제나 너 포함 넷
도 거기서 놀아보자꾸나.

'보리'를 외쳐도 '쌀'을 외쳐도 잡아본 작은 혜경이 손, 책상에 앉아 깍지
낀 두 손 입에 대고 내 숨소리 넣어 데려온다.

깍지 낀 손 안에 따뜻한 작은 손, 꽉 잡고 놔주지 않을 테야.

보고프다_쉰넷

그리운
조우

생일.

세상에 태어난 날.

우리 넷은 가족 회비라는 명목으로 한 달에 한 번 작은 마음을 절약하여 혜경이 지갑 곳간에 쌓아놓고 각자의 생일 달만 되면 풍족하지는 않지만 정해진 액수에 맞게 인심을 썼다.

하지만 이젠 혜경이 용돈 지갑 곳간에서 인심이 난다.

색다른 생일의 추억이 멈춘 지 6년째다.

하지만 나는 우리 혜경이 빨강 지갑에 매달 용돈을 넣어주고 있다. 더하지도 덜하지도 않은 6년 전 딸에게 주던 금액 그대로 6년째다. 그건 내가 그날에 멈췄기 때문이기도 하고 아직 감수성 많은 10대 딸로 있기 때문이기도 하다.

비록 다른 세상에 있지만 매달 빨강 지갑에 '이달 용돈이야. 뭐에 쓸까?' 하며 딸 사진 보고 한마디 던지는 엄마로 자리를 지키고 싶다.

그리고 우리 가족 네 사람의 색다른 생일을 잇고 싶었으며 그냥 항상 예전 그대로 함께 생일을 축하하는 의미가 새겨졌으면 하는 바람으로 곁에 없는 딸의 용돈 사용처 대리인을 자처하고 있다.

단지 아빠, 언니 생일에 용돈이라는 매개체로 단순한 축하를 받는 입장이 아닌 가족이라는 언제나 변함이 없다는 보이지 않는 곳으로부터 온 선물을 보여주고 싶고 그때처럼 모두에게 받는 즐거움을 되돌려주고 싶었다.

남편의 생일에는 아빠를 닮은 딸이 아빠 생신을 축하하는 메시지와 옆에 있었던 날들의 애교스러운 말투 그대로 대필해서 용돈과 "그때처럼 거기에 있기를 …"이라는 내용을 동봉해서 전했다.

세상에 단 하나밖에 없는 언니 생일에도 축하하는 용돈을 준다. 메시지가 있을 때도 있고 그렇지 않을 땐 "동생도 용돈 넣었어"라고 아빠, 엄마가 축하하는 글과 함께 동생의 메시지도 전한다. '지갑 곳간이 털리던 그곳에 가보기를 …' 이라고.

단, 내 생일은 딸의 빨강 지갑을 절대로 열지 않는다. 이유는 대리인으로서 소임을 하고 싶어서다.

대리인으로서 딸이 누려보던 선택을 받아 지갑 곳간을 털어 손때 묻은 언저리에 내 지문을 포개고 있으니 지문과 지문이 닿는 만남으로 예전 그때 거기에 함께 있으니까.

그렇게 올해로 6년째 빨강 지갑 곳간 대리인은 언니와 아빠 생일을 준비하고 있다. 혜경이랑 쌍둥이냐고 물어볼 만큼 닮았다고 하지만 서로 전혀 닮지 않았다고 했던 언니가 양력 5월 19일이지.

엄마 몰래 용돈을 챙쳐주는 센스쟁이 아빠는 음력 5월 19일인데 책상 위 사진을 마주하며 살그머니 웃고 있다.

"엄마! 그래도 돈이 낫겠지. 다들 어른이니까. 지금까지 했던 것처럼 금일봉으로 우리 그렇게 하자."

아마도 꼭꼭 숨겼다가 한 장 빼내고 "아이 아깝다" 하고는 또 한 장 빼가는 내가 그랬던 것처럼 언니도 아빠도 매 해 그랬듯 "이번에도 그럴 걸?" 하며 손으로 입 가리고 내 귓가에 소곤소곤 간지럽히고 있다.

그날 이후 온 몸으로 딸을 만나고 만난다. 우연히 만나는 조우가 아닌 매일 그리워하는 조우다.

이제 곧 혜경이를 만나는 특별한 생일이 돌아온다.

직접 만나는 것은 아니지만 딸의 용돈 대리인으로서 빨강지갑을 열어 먼곳에서 온 선물로써 조우한다. 빨간 지갑을 오직 가족만을 위해 여는 것은 아니다. 지갑 대리인 마음대로 특별하게 여는 경우가 1년에 단 두 번 있다. 생전에 친했던 두 친구 생일에 작은 선물을 보내고 있다. 그렇게 하고나면 딸 마음을 읽을 수 있다.

부모라서 딸과 있었던 모든 것이
가교가 되어 다시 만나다

아침 일찍 어수선한 마음으로 가양동에 갔다. 일을 끝내고 우리는 보고
싶은 딸에게 차를 돌렸지.

먼 거리도 아니건만 고작 한 달에 한 번 찾아간다. 오늘은 이달 들어 두
번째 만나러 가는 중이다.

아침도 거른 상태, 서호 추모공원 가는 길과 산엔 초목이 살아있다. 푸르
고 우거져 맘껏 자연을 휘저으며 더불어 살아있는데, 내게서 예쁘게 있었던
딸은 어찌 세상 자리를 빼앗겨 빈 자리인가.

내 가슴에 채워도 채워지지 않는, 마음 시린 덩이로 있을 뿐. 그 자리는
다시 살아올 수 없다는 것에, 초목이 부러웠다.

그런 초목들이 자꾸만 눈에 밀려들어온다. 따지고 보면 부러워할 대상도
아니요, 별 웃기는 일이라 여겨지겠으나 초록빛 자체는 '살아있다'란 그것이
내 마음에 꽂힌 것이다.

"무슨 생각하고 있어?"

조수석에 앉아 살아있다는 의미와 생동감에 핏대를 세우며 가고 있으면

서도 남편의 질문에 정작 입에서 튀어나온 대답은 "아니"라는 짧은 부정어였다. 다른데 신경 쓰지 말고 운전이나 조심하라며 핀잔 아닌 핀잔이 된 스스럼없는 둘의 간간이 오가는 대화 속에 차는 이내 주차장에 들어서고 있었다.

평일이라 찾아오는 사람들이 드물다. 어디나 다 그렇겠지 싶다. 추석이나 설 명절이 아닌 이상 많은 발길이 이어지지는 않는 이곳.

앞서 계단 오르는 남편의 뒷모습에선 떼놓는 한 발짝 무게가 무척이나 무거워 보인다. 아마도 아빠로서의 심정을 몽땅 내리찍어 딛는 것 같다. 그렇겠지, 유독 이곳의 계단은 가볍지 않은 응어리진 가슴을 안고 디뎌야 하는 천근만근 길이 아니던가.

그렇게 묵직한 발걸음, 딸 앞에서 멈추었고 '혜경꽃'이라 쓰인 사진을 오늘도 한 방향으로 쓰다듬어주는 아빠의 손길은 변하지 않았다는 일방통행이다.

되돌아가는 길, 2시가 훌쩍 넘었지만 남편은 웃으며 이상하게 배는 고프지 않다고 말한다.

갑자기 그런 공복에 대한 혜경이와의 일이 기억나 말을 붙였다.

"주말이면 우리 혜경이 잠자느라 그랬는지 아니면 살집도 없는데 다이어트하려 했는지 참 먹지를 않았지. 아빠가 토요일 함께 계시지 않는 어떤 땐 온종일 굶기도 했는지 저녁에 하는 말이 낮에 한 끼도 안 먹었다고 해. 그래서 "왜 아무거나 찾아서 먹지 배고파서 어떻게 있었냐" 물으면 그때 그랬어. "엄마, 배가 고프다가도 시간이 지나면 위가 저절로 배고픔을 몰라"라고."

공복에 대한 딸의 진리를 남편에게 건네고 보니 혜경이가 걱정되어 보냈던 대화가 생각난다.

"그러다 위장병 생기면 어쩌려고, 굶으면 안 돼. 아유, 이것 봐라 배가 등

짝에 붙었다."

그 배를 거실에서 만졌을 때 정말 등짝이 닿는 것 같았다.

집으로 돌아가는 길은 오던 길과는 상반되게 노랗게 핀 야생화가 꽤나 많이 보였다. 땅이라는 모체로부터 양분을 머금어 예쁘게 안겨있다. 자연이라는 엄마 품에서.

꽃들이 눈에 스쳐져 보였지만 생각은 온통 내 품 신생아에서 그날의 아침까지 행동과 웃음, 버릇, 울음 모두 생생하게 살아있거늘 '단 1도 보이지 않는 엄마 품이라서 미안한 예쁜 딸'하며 있었다.

"무슨 생각 하고 있어?"

"운전이나 잘하고 가세요."

"멍하니 뭘 그렇게 생각해."

"그냥."

오늘도 남겨진 이들의 일상 속에서 떠나보낸 딸과의 지나쳤던 일화를 대화창으로 불러온다. 우리 딸은 여전히 내 살붙이이고 우리는 여전히 부모이기 때문이다.

우리 딸이 온종일 굶었던 때처럼 아빠 엄마도 그랬던 하루다.

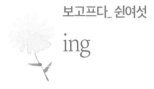

보고프다_쉰여섯

ing

"엄마. 나, 혜경이 꿈꿨어."

"언제?"

"응, 며칠 안 돼. 그런데 나는 왜 혜경이가 가출하는 꿈을 꾸지. 언젠가도 찾아다니고 했는데 이번에도 가출해서 찾아다녀 데려오면 또 나가고 찾아다니고 반복을 했어. 그렇지만 꿈에서도 또 죽었다고 하는 거야."

"그랬어?"

"응. 엄마, 내가 꿈에서 그 소리 듣고 많이 울었다."

2020년 6월 20일 토요일. 소파에 누운 딸 발마사지 하는데 조심스레 운을 떼며 꿈 이야기를 풀어놓는다. 조금만 더 물으면 금세 울음이 터져 나올 것 같다. 목소리가 그걸 증명하고 있었지.

연신 핸드폰을 들여다보며 속마음을 꺼내놓는다.

"엄마, 꿈에서 울면 안 좋은 거야?"

"글쎄"

난 속으로는 울었다는 건 후련하게 쏟아 부어서 괜찮다고 말을 했다.

그리운 길은 _____
참으로 모질다

"그래서 엄마, 출근길에 꿈 해몽을 보니까 좋은 꿈인 것 같더라고. 엄마, 이 사진 있어?"

내내 꿈 얘기를 하면서도 마음과 손과 눈은 몽땅 핸드폰에 저장된 동생에게 꽂혀 있었는지 그중 하나를 내게 열어 보였지.

"응, 앨범에서 찍어 놨지."

"나, 이 사진 카톡 프로필로 올려야겠다."

한 번씩 꾸고 나면 그리움이 더하는 것을 여느 꿈에 비할까.

얼마나 생각나면 1998년 12월 15일, 막 돌 지난 동생을 소파에서 꼬옥 껴안고 찍은 사진으로 곁에 붙잡아 놓는 것으로 갈음할까. 채 피어보지도 못한 어린 동생을 죽음이라는 무서운 단어에 빼앗기고 상처로 남겨진 생각의 줄기는 잠자는 시간마저 꿈이라는 영역에서 또 죽음이란 슬픔에 하염없이 울어버린 마음처럼 깨어있는 현실에서도 답답했었나 보다.

아무래도 제 딴에는 죽음이 또 죽음으로 되풀이되는 동생이 마음에 상당한 상처가 되었나 보다.

나는 이해한다. 그 마음을.

내 곁에 있는 딸아이가 꿈을 이야기하는 것은 엄마에게 기록을 해놓으라는 뜻이다. 작은 것이라도 잊지 않고자, 아니 비록 꿈이라는 정신적인 일면의 현상이지만 붙들어 안아보고 싶은 마음을 놓칠세라 어서 기록해 놓으라는 언질이다. 그렇게 우리 셋은 꿈이라는 만남도 소중하게 간직하여 아픔을 채워놓고자 메모하고 있다.

세상살이 굴러가는 한 부분 한 점에 귀속되어 그 한 점 속에 물보다 진하다는 피. 떠나보낸 피붙이 아픈 사랑을 글로 앉혀놓는 남아있는 우리만의 약속을 진행 중이다.

보고프다_ 쉰일곱

아빠의
몰래 한 사랑

혜경아.

이리 와, 빨리.

몰래 한 사랑의 시작 멘트다.

남편에게는 나와 다른 사랑이 숨어있다. 그 숨어서 몰래 몰래 한 사랑을 햇수로 7년이 되는 지금에서야 꺼내놓는다.

큰딸이나 혜경이나 다 똑같은 자식이지만 남편은 만약에 비중을 둔다면 혜경이에게 "1"을 더 주었다고 한다.

그 말에 나는 "둘 다 공평한 마음이지 한 쪽으로 치우치는 그런 마음은 절대로 없었다"라고 했더니 남편은 정말 아주 조금은 혜경이에게 치우치는 내리사랑을 했다고 한다.

그냥 모든 면에서 아빠로서의 잔정을 주는 편안한 모습을 흐뭇하게 보았는데 마음속에선 내리사랑이 어느 순간 쑥 올라오는 시기가 있었다 한다. 그 표면적 계기는 혜경이가 중학교 다니면서 시작된 것인데 한번은 혜경이가 어쩌다 용돈이 동났는지 보태달라고 했던 그 이후 아빠의 마음은 자연

그리운 길은 _____
참으로 모질다

스럽게 그리고 아무도 모르게 눈치작전이 시작되었다.

그 눈치작전은 출근하기 전 또는 퇴근해 편안히 쉬는 틈에도 공략을 펼쳤다고 하는데 어떻게 큰딸이나 나에게 한 번도 들키지 않았는지 모르겠다. 어지간히 둘만의 깊은 부정(父情)을 꼭꼭 숨기며 절대 비밀이라는 미명하에 조금의 의심도 비추지 않았던 철두철미한 몰래 한 사랑이었다.

첩보영화 007작전이 시작되는 순간 남편은 혜경이를 보며 아무도 모르게 손짓하고 안방으로 간다. 그러고는 슬쩍 손에서 손으로 넘겨진다. 아니면 평소 혜경이를 불렀던 그 소리가 이미 시작의 순간이었을지도 모른다.

"혜경아."

"왜, 아빠."

"이리 와."

그러고는 안방으로 뒤따라온 혜경이한테 '빨리 누구 보지 않게' 둘만의 거래는 은밀하고 깔끔하게 진행되었고 오직 아빠 마음의 거래가 있었을 뿐 어떤 담보도 없고 그 순간만큼은 둘만의 스릴 있는 웃음이 담보로 남았을 뿐이겠지.

겉으로 보이는 사랑은 정말 아무런 차이가 없었다.

왜냐하면 딸들이 사달라고 말하면 재보는 엄마는 안중에도 없고 그 즉시 해결사가 되어 기분을 채워주는 아빠였기 때문이다. 요즘 흔히 말하는 딸 바보 그 자체였다.

그랬던 아빠는 자신을 닮은 딸과 슬픈 이별 후 용돈 보태달라고 했던 그 순간을 지나치지 않고 딸 마음을 바로 채워주었던 일이 잘한 것 같다고 말한다.

하지만 큰딸이 알면 많이 서운해할 거라며 진심으로 미안한 마음이 있었던 사랑의 조각을 꺼내놓기도 했던 몰래 한 사랑 이야기였다.

단언컨대 언니는 용돈 부족하다는 말을 안 해서 몰래 한 사랑을 받지 못한 결과이며 혜경이는 미용에 관심이 많아서 용돈이 아마 조금은 부족했을 듯싶다.

파뿌리 다려 엄마 마음 담는다, 고사리 손에 혜경이 마음 담는다

엄마 마음 다려 네게 주었지.

작은 고사리 손에 혜경이 마음 얹어 엄마에게 주었다.

그러니까 혜경이가 고등학생 때다.

"엄마, 나 감기 들었나 봐. 목도 아파."

나는 그 소리에 제일 먼저 이마를 짚어보았고 내 손에 열이 감지되기로는 중간 정도로 심한 선은 아니었다. 하지만 열이 있다는 자체가 늑장 부릴 일이 아니기에 일단 해열에 좋다고 들은 풍월로 베란다 파뿌리에 손이 갔다.

"열이 내려야 하니까 엄마가 파뿌리 달여서 줄게."

저녁 준비하다 말고 파뿌리 사이사이 이물질을 이 잡듯이 제거해 몇 번을 세척한 후 불앞에 지켜 서서 팔팔 끓였지. 가라앉은 앙금 걸러 맑게 우려낸 뜨거운 물은 한 김 식혀 딸에게 주며 밤사이 잘 잤으면 하는 엄마 마음 바람도 담았다.

그런 밤이 지난 아침, 매일 아침 밥 안치고 제일 먼저 들어갔던 딸의 방이 여느 때 같지 않은 마음은 밤사이 차도가 있었는지 걱정이 앞서서다. 곧

그리운 길은 _____
참으로 모질다

히 자는 딸 이마 먼저 짚어보며 피부에 닿는 체온을 감지하고 그래도 적잖은 열이 있어 일어날 때 기다렸다 목 괜찮냐 물으면 별로라 했지. 하는 수없이 매실 엑기스 딱 세 수저를 학교 가기 전 먹이고 하고 후 잠자기 전 먹이면 다행히 차도기 있어 가볍게 넘어가는 감기였다. 그러니까 매실 엑기스는 감기랑 무관한 것이지만 나는 그냥 좋을 것 같다는 생각으로 애용하던 만병통치약으로 지금도 큰딸이 감기나 소화불량일 때면 "엄마, 나 매실 세 수저 먹어야겠다." 한다.

이렇게 청소년기는 웬만해서는 면역력으로 이겨내고 가볍게 넘기던 감기가 어려서는 왜 그렇게 잦고 열은 꼭 따라왔는지. 큰딸 키우며 터득한 게 열이 나면 다른 방법은 없고 물수건으로 온몸을 닦아주는 것이었다.

그 이후 감기로 열이 났다 하면 미지근한 물 교체하느라 화장실에 밤새 출입하며 몸 닦아주던 날 나도 피곤했겠지만 두 딸도 귀찮았을 거다.

하도 감기 걸리면 물수건으로 닦아주고 이마에 얹어주니 그 모습을 그대로 따라 했던 혜경이의 고사리 손 마음이 있었다.

그 조그만 딸아이가 평상시 같지 않게 방에 누워있는 내게로 와서는 "엄마, 감기 걸렸어?" 묻더니 이마를 짚어보고 뜨겁다며 아기용 손수건에 물을 적셔 이마에 살며시 얹어놓고 나갔다.

그랬던 딸이 없는 여기, 내가 감기에 걸려 열이 펄펄 났을 때 큰딸이랑 남편이 땀 푹 내고 회복하라고 혜경이 방에 난방온도를 올려 설설 끓도록 해놓으면 난 긴 옷에 양말 신고 두꺼운 이불 속에서 땀을 흘렸다. 그때 혼자 있는 이불 속에서 내 이마를 짚던 혜경이가 생각났다.

그 조그만 고사리 손으로 적셔온 손수건에 담겼던 마음을 난 알지. 엄마 열이 빨리 내렸으면 하는 딸의 기특한 마음을 알고도 남지.

그렇게 열 감기를 거뜬히 털고 일어나 생각하며 썼던 시를 옮긴다.

감기

내 딸아! 감기 들었니?
얼른 파뿌리 솔솔 털어 팔팔 끓여
가라앉은 앙금 걸러
맑은 물 따라 놓을게.
엄마 마음 다려 네게 주었지.
밤사이 잘 잤으면 하는 바람 담아
기억을 찾아 그 길 따라와야지.
언제나 만들어 줄 수 있는 엄마야.

엄마 감기 들었어?
딸에게 어릴 적 어미가 했던 모습
문득 생각났는지
누워있는 내게 손수 이마 짚어보고 열이 많다며
걱정 담아 손수건 물 적셔 이마 위 살며시 얹어줬지.
그때 생각나지.
참 기특했는데 고마웠는데
엄마가 감기 걸리면 작은 딸내미 고사리 손
기다려지겠지.

엄마여서 딸에게 주는 사랑이었고 딸이라서 엄마에게 주는 사랑이었다.

인사를
참 잘했는데

아유 인사를 얼마나 잘하는데요.

여기 딸들처럼 인사 잘하는 애들 없어요.

우리 혜경이를 아빠 엄마 손으로 다시는 못 보는 곳으로 보내고 집에 왔을 때 아래층 어르신 몇 분이 찾아오셔서 어린 자식 그렇게 잃고 얼마나 애통할까 위로 말씀을 해주셨다.

그러시더니 "아유, 인사도 참 잘하는데"라고 떠올리신다.

그 말에 남편은 "우리 혜경이가 인사를 잘 했어요?"라고 되물었다.

"그럼요, 이집 큰딸도 작은딸도 얼마나 인사를 잘했는데요. 나는 딸들이 쌍둥이인 줄 알았어요."

그러면서 엘리베이터에서 만나면 둘이 쌍둥이냐고 묻던 때도 있었다고 하신다.

친정 엄마가 다시 물었다.

"우리 혜경이가 인사를 그렇게 잘했어요?"

"네, 이집 딸들이 엘리베이터에서 만나면 꼭 인사를 해요. 다른 애들은 안 하는데."

그러면서 우리 라인에서 인사하는 애들은 이집 딸들 밖에 없었다며 "작은딸이 인사를 잘했는데, 잘했는데…" 아쉬움 섞인 말을 이으셨다.

사실 인사에 대한 예절은 남편이 강조해서 시켰던 일이다.

남편이 엘리베이터를 탔을 때 같은 라인에 사는 애가 멀뚱멀뚱 쳐다보기에 조금 기분이 안 좋았었다고 한다. 그날도 남편을 처음 본 것도 아니고 여러 번 같이 동승을 했고 어디 사는지도 아는데 그런 모습을 보고는 두 딸에게 인사예절을 주지시켰었다.

"혹시 엘리베이터에서 어른 만나면 인사하니? 어른을 만나면 아는 분이나 모르는 분이나 꼭 인사를 해야 한다. 그 어른들은 아마 우리 라인에 사시는 분들일 거야. 인사했을 때 인상 쓰거나 화 내시는 분은 없고 예쁘다고 칭찬해 주시지. 그리고 인사예절이 중요한 것은 상대방에게 나를 좋은 이미지로 심어주고 또 너희들처럼 애들이 인사하면 뉘 집 자식들인지 교육 잘 받았구나 하실 거야. 그래서 상대방은 너희가 인사예절이 바른 사람으로 신념을 가지게 되지. 그게 중요한 거야."

그런 아빠의 예절교육을 우리 혜경이는 행동으로 실천했던 것이다.

떠나보낸 슬픈 이별 끝에서 딸 뒤안길에 숨겨진 칭찬 받을 행동을 알게 된 아빠와 엄마가 되었다. 비록 그 딸이 없는 빈자리에서 듣게 된 이야기지만 인사를 잘 해서 너무 예쁘구나.

"인사를 얼마나 잘 하는데요" 하시던 어르신도 엘리베이터를 타시면 한동안 우리 혜경이가 생각나셨겠지.

그리운 길은 _____
참으로 모질다

비오는 날의
수채화

장맛비가 바람에 밀려 거실 유리창에 후드득 부딪혀 미끄러지고 있다.

거기에 온순하게 오는 듯 창밖 빗줄긴 내 눈에 보여 지고 있지만 순간순간 유리창 난간에 떨어지는 소리 제법 크게 들린다. 난간에 떨어진 빗방울은 깨짐과 동시에 산산조각 난 작은 입자들로 퍼진다. 마치 파편 조각이 사방으로 튕겨 떨어지듯 그렇게 후려쳐진 빗방울이 연속적이다.

이런 '비 오는 날이 가진 수채화 같은 풍경을 보면서 커피 한 잔 곁에 두고 책 읽으면 좋겠네'하는 생각이 예나 지금이나 변하지 않고 있음을 내 마음 속에 한 점 찍어 놓는다.

아마 비 오는 날엔 천둥번개가 요란한 것처럼 내 마음이 책 속에 빠져들라고 요동치는가 보다.

난 지금 혼자 거실 유리창 앞에 앉아 밖을 보고 있다.

구슬처럼 유리창에 알알이 달라붙은 입자를 차분히 보는데 저만치 빗속 우산에 가려진 누군가에게 보고 싶은 딸과 비슷한 모습으로 애써 막무가내로 엮어 보려 하지만 어느 한 동작 눈에 확 들어오지 않고 있다.

다만 가슴에 품은 그리움이 방울방울 떨어져 눈물이 흐른다.

빗방울로 도배한 유리창도 내 마음 아는지 주르륵 미끄러지며 날 따라 하고 있다.

내 마음 아는지 유리창엔 자꾸자꾸 눈물자국 생겨나고 있다.

내 마음도 비 오는 날의 수채화에 그려진 비 오는 날이다.

그리운 길은
참으로 모질다